しぐれくる

寒冬雨意遥

风雅和歌 冬

郑民钦——编著

中国出版集团 现代出版社

和歌的魅力

和歌作为日本民族的诗歌，是日本文学的主要形式之一，是日本韵文学最早的传统形式之一。从记纪歌谣的萌芽期至《万叶集》定型的这种诗歌形式历经了一千多年的历史。和歌又有多种形态，以五七五七七共五句三十一音的短歌为主，同时也包括长歌、旋头歌等，经过漫长历史的淘汰，短歌成为和歌的几乎唯一的特定形式。本书的和歌特指的是短歌。

所谓"和歌"，一般理解为"大和的歌"，即"日本的歌"。从和歌的诞生过程来看，和歌是生长在日本民族土壤的文学这一点无可置疑。它是日本历史、风土、政治、经济、社会、文化、宗教等在文学上的结晶，是日本民族性格的诗化。

和一切文学形式的诞生一样，和歌亦始于民间。它直接源头是歌谣。《古事记》和《日本书纪》所收录的歌谣合称“记纪歌谣”。记纪歌谣是和歌文学的萌芽时期。和歌的产生意味着定型诗的成立，从非定型的歌谣中脱胎出短歌形态。作为古代韵文的表现载体，七世纪中叶和歌形式已经完成。

从古代歌谣向万叶和歌发展的历史也就是从口头文艺向文字文艺发展的历史，这标志着诗歌显示出从集体性向个人性、平民性向贵族性的转移倾向。《万叶集》的出现标志着和歌这种日本民族文学形式的发展在奈良时代进入一个高峰，诞生了真正文学意义上的和歌。

《万叶集》成书于八世纪，年代、编者均不详，一说大伴家持为最后的编纂者之一。该书收有四世纪至八世纪四百多年间的长歌、短歌等四千五百多首，全部借用汉字依日语发音标记。按内容分为杂歌、相闻、挽歌三类。杂歌包括四季景物、行幸、游宴、旅行、酬和等题材；相闻指感情相递，多指男女恋歌；挽歌乃悼亡追思。作者从天皇至贩夫走卒，十分广泛。《万叶集》歌风雄浑豪放，质朴率真，以现实主义手法描绘日本古代社会，体现当时的社会理念和民族精神。《万叶集》作为日本最早的和歌集，如同《诗经》在我国文学史上的地位，熠熠生辉。

十世纪初成书的《古今集》是日本第一部敕选和歌集，有纪贯之作的假名序和纪淑望作的真名序，两序内容基本相同，论述和歌的起源、发展、本质、种类，品评歌人，提出审美标准等，是比较系统的和歌理论。两序之中，应该说假名序更能代表编者的思想，更能准确地反映当时主流歌坛对和歌本质的认识。纪贯之的序是第一篇用日文写的序。从《古今集》开始，至后花园天皇时代的《新续古今集》，共编纂二十一部敕撰和歌集，作为民族诗歌的和歌终于取代汉诗成为歌坛传统主流。纪贯之的假名序从起源、性质、题材、内容、风韵、构思、手法、语言、评论等方面对和歌进行比较深刻的阐述，建立起较为完整的和歌理论体系雏形。因为当时日本还没有先进的文学理论，所以歌论在许多方面借助我国的诗歌理论。

由于《古今集》的问世，重新振兴起来的和歌取代汉诗文，占据文坛。和歌不仅成为日常生活中极其平常的现象，而且也是贵族社会交际时表示风雅的必要工具。在此后约一百年间，和歌基本上延续《古今集》的风格，但有所发展，一直持续到《拾遗集》。这期间第二部敕选集《后撰和歌集》成书，其注重作品的自然情趣，开始出现和歌物语化的倾向，可以说构成日常生活的画卷。

欣赏和歌涉及整个文艺审美理念的问题。和歌在其长期发展过程中，形成比较复杂的独特的审美体系，在高度浓缩凝练的语言组合里，塑造某种形象或者形态，既反映一定的现实感性形象，又包含强烈的思想情感的各种审美意象，熔铸出一种意境幽远深邃的世界。

近世之前的日本文学理论几乎全部都是歌论，和歌美学在近世以前就已经形成体系，在中世文艺美学中得到完整的体现，最主要的特征是通过语言的力量追求高雅。然而进入町人社会以后，由于整个社会经济结构的改变，为适应町人文化需要而产生的俳谐以巨大的破坏力向传统和歌美学提出挑战，以近于卑俗的语言摧毁固有的“象牙之塔”的精神世界，其势之猛，甚至在一定程度上压倒和歌，受影响而创作俳谐的人数大大超过歌人。俳谐发展到松尾芭蕉的时代，才在继承和歌审美理念的基础上，创立自己的美学观，于是俳谐进入诗歌艺术的殿堂。

和歌美学自然是日本文艺美学的一个重要组成部分，涉及整个文艺审美理念的问题。美是艺术的根源性本质，以语言文字为符号的文学通过各种表现形式追求美的创造。

歧义性和多重性对欣赏和歌美造成一定的困难，同时也形成审美的多样性，可以审视随着时代的发展人们美学理念的变化，具有很大的挑战性和探险性。另外，近代以前的美学语言几乎都是日常生活用语，因此必须从中抽象出更高层次的审美理念。

作为文学作品的读者，一般通过对作品本身的意识活动感受美。读者在审美对象的直观形象诱导下进入一种观照状态时，便成为美的享受者。其审美感受与作者主要通过想象作用构成具象美的活动有所不同。当然，二者相辅相成，作者以对创作对象的想象活动获得美的形象的升华，读者以对美的形象的观照作用获得与作者创作体验同化的过程。作者创作美的形象时，融进了自己的自然观、人生观、世界观并渗透在作品的各种要素里，形成有机的统一，营造出一个体现其审美理念的世界。

和歌的审美虽然在其形成过程中借鉴、吸收了许多我国古代美学思想，从和歌文学产生的动机以及对和歌文学的自觉性意识的产生，到涵盖整个奈良、平安时代的和歌文学的发展过程以及歌论的变迁，在思想、形式、内容、语言等诸多范畴，都与中国文学（文化）有着千丝万缕的关系，但从本质上说，和歌美学是日本民族诗歌的审美体系。

和歌具有诗歌的一切特征，因此在高度浓缩精练的语言组合里，既反映一定的现实感性形象，又包含强烈的思想情感的各种审美意象，熔铸出一种意境幽深的世界，或者塑造某种形象，日本人以其独特的思考方法和语言表现追求民族文艺的精神美。

“あはれ”（哀）是日本传统诗歌的主要审美手段之一。按照《广辞苑》的解释，有“感慨、赞叹、爱情、同情、人情、情趣、怜悯、感伤、悲哀、愁绪”等多种含义。古代的“哀”是朴素的爱的表现，这种爱可以是赞叹、喜悦、共鸣、同情、怜悯、哀伤等多种发自心灵感动的形式。“あはれ”是内心感动发出的声音，是一种真情的流露。这种感动既可以是个人情感的表达，也可以是包括对民族性、国民性的共同情感的表达。从这层意义上说，诗歌发自这种集体性的感动，没有“あはれ”的感动就不存在日本的诗歌，因此“あはれ”是日本美学的感觉的母体。这牵涉到诗歌的根源性问题。

《古今集》中有一首佚名的和歌“我思香比色更哀，谁拂衣袖屋前梅”，“香比色更哀”，不是一般人共同的感觉，而是“我思”，带有强烈的主观性，在这个自我感觉的层次上想象“哀”的世界，对色和香进行比较，构成一种抽象的微妙的情趣，有一种观念性的透明感。素性法师吟咏“蟋蟀夕阳鸣瞿麦”，发现夕阳、蟋蟀鸣叫、瞿麦的三者结合产生“哀”的感觉。这也是“唯我”的主观感受。

《源氏物语》使用“哀”有一千多处，物语所表现的“哀”的情趣都是以和歌的抒情为基础，表现对不同季节的感受，“哀”依不同的情况，可以表达各种各样复杂微妙的心情。

后来，“あはれ”逐渐与其他词语相结合，产生“もののあはれ”（物哀）这个词。“物”是引发“哀”的感情的对象，“物哀”的“哀”依附于“物”，“物”赋予“哀”一种具体的存在性，使“哀”不再具有比较强烈的朦胧情趣。“物”存在于现实世界，是感知的对象。“哀”是感动的表现。“物哀”的“哀”就是物化的哀，“物”追求与其相适应的“哀”，“物哀”的感觉则主要是平安朝的文学观和审美意识。“哀”也与其他美的要素结合成幽玄、优艳、妖艳、闲寂等复合美。从平安时代中期开始，“哀”成为审美的一个重要内容，“哀”与“物哀”的含义可以说是平安文学美的核心。

近世的国学家本居宣长（1730—1801）在文艺学领域的“歌学”部分，以物感于心作为判断和歌文学的基准，通过对《源氏物语》以及和歌的“物哀”的分析，阐述文学的本质，以物哀相通歌论和物语论。宣长歌论的思想基础是神道，文学体系的核心是物哀，强调朴素的语言表现真诚的感情。和歌是“物哀的表现”，“物哀”的“物”指天地万物，包括人；“哀”指人的感情。（本居宣长《石上私淑言》）本居宣长文学审美观的核心是“物哀”，坚持认为传统美才是日本民族文学的本质。他建立起系统的和歌“物哀”美学体系。

和歌讲求风体，“风体”指的是歌风和歌体。歌体即是短歌、长歌、旋头歌这样的形态，歌风即是万叶风、古今风这样的风格。歌体的形态不会变化，歌风则流动变化。“风”在和歌里与“调”相近，于是也称为万叶调、古今调。一般地说，万叶风的调强劲有力，古今风的调优美柔和，新古今风的调静寂闲淡。当然，风、调因人而异，体现歌人的个性。

和歌审美的另一个范畴是音调、节奏、韵律的欣赏。和歌五句三十一音的固定音数律决定着定型诗的本质，产生音韵与节奏的美学。和歌通过上下句的接续形成和谐、连续的音乐性，就是说，音乐的连续美和音乐的和谐美存在或者并存于和歌之中，这样就可以朗诵吟咏。

阅读和歌时，有时会碰到“歌枕”这个术语，到平安时代后期，“歌枕”一般指和歌的名胜或者某地的典故，是吟咏和歌时据以作为起兴典故的地名等。和歌本来是吟咏实景，景色美丽的地方被歌人争相吟咏，久而久之，该地就成为咏歌的“名胜”，呈现固定化的倾向，比原本的地名更富有生命内容，在日本人自然观的模式中成为观念性的符号。例如只要一提到樱花红叶，人们的脑子里自然而然地浮现出吉野和龙田，不论吟咏哪个地方的樱花红叶，吉野山、龙田川已经成为固定的观念铭刻在人们的脑子里。这是平安时代的歌人对待歌枕的基本态度，歌枕已经成为他们的固有文学形象。

由于日语每个音的发音时间大致相等，而且语调平缓，音调高低强弱的差别很不明显，几乎没有中文和欧洲语言那样抑扬顿挫的语感，显得单调，为了使日语的音节产生美感，只能采取在一定的节拍停顿，通过一拍左右的时间空白，形成有规则的节奏感。这种审美规范延续至今，没有别的任何一种新规范可以取代，于是成为短歌的审美传统。

我国介绍和歌当追溯到明朝中叶，《日本风土记》在《歌谣》一章中介绍日本的文艺，其中翻译有《古今集》《新古今集》中的大约四十首和歌，翻译还比较准确流畅。但后来几乎无人译介，一直到二十世纪七十年代后期，我国学者才开始真正重视和歌的翻译。

我国读者欣赏和歌，绝大多数只能通过译文理解。然而，无论多么高明的翻译家，翻译诗歌都不可能保留原诗的民族文艺特性，尤其无法重现抽象的音乐要素。翻译和歌，对其音数、枕词、叠句、对句、格助词、节奏、缘语、挂词等独特的表现手法，往往无法找到贴切准确的对应词语。另外，翻译也破坏了对和歌“句切”（类似“断句”）形成不同的律动感的感受，无法再现这种诗体特征。例如纪贯之的“さくら花ちりぬる風のなごりには水なきそらに波ぞ立ちける”，拙译为“忍见落红乱，云边茜影欺。蓝天本无水，轻风弄涟漪”，但原诗的三十一音中使用九个格助词，上下呼应，音韵协调，一气呵成，对表现作者的细腻心情和烘托流动的环境气氛起到重要作用，翻译就无法表现出来。至于翻译的形式问题，我在《风雅俳句系列》的序言《俳句的魅力》中已经做过说明，不再赘述。

本书所收录的是近代以前的和歌（短歌）名作，编排方式不分题材，以人为序，人以年次，作者第一次出现时附以简介。和歌没有季语，所以有的和歌并没有明显的季节感，但仍按勅撰和歌集的四季分类形式编排，以便读者阅读。

本书的编写参考了佐佐木信纲、久曾神升等《日本歌学大系》、大冈信《四季之歌》、竹冈正夫《古今和歌集全评释》、窪田章一郎校注《古今和歌集》等有关书籍。本书曾由其他出版社出版，此次承蒙现代出版社的朱文婷女士的诚挚相邀，予以增添修改，并配以适当图片，由该社出版，谨致以衷心的感谢。鉴于编者水平，难免舛误，敬请方家指正。

郑民钦

2019年1月改定

目录

128 式子内親王

始なき 夢を夢とも 知らずして この終わりにや 覚め果てぬべき

130 花园院

暮れやらぬ 庭の光は 雪にして 奥暗くなる 埋み火のもと

132 油谷倭文子

み雪ふる かれ木のすゑの さむけきに つばさをたれて 鳥なくなり

134 油谷倭文子

たをやめの わが身とふべき ものならで 雪には

136 村田春海

とまり舟 苫のしづくの 音絶えて 夜半のしぐれぞ 雪になりゆく

138 樋口一叶

くれて行く 年の道さへ みゆるかと 思ふばかりに てる月夜かな

140 窪田空穂

老ふたり 互に空気と なり合ひて 有るには忘れ 無きを思はず

142 与谢野晶子

冬の夜の 星君なりき 一つをば 云ふにはあらず ことごこく皆

144 与谢野晶子

冬の空 針もて彫りし 絵のやうに 星きらめきて 風の

声する

146 长塚节

時雨れ来る けはひ遙かなり 焚棄てし落葉の 灰はかたまりぬべし

148 斎藤茂吉

まぼろしに 現まじはり 蕗の薹 萌ゆべくなりぬ 狭き庭のうへ

150 斎藤茂吉

最上川の 流のうへに 浮びゆけ 行方なきわれの こころの貧困

152 前田夕暮

木に花咲き 君わか妻と ならむ日の 四月なかなか 遠くもあるかな

154 前田夕暮

冬が来た 白い樹樹の光を 体のうちに 蓄積しておいて 夜ふかく眠る

156 前田夕暮

風暗き 都市の冬は 来りけり 帰りて牛乳の つめたきを飲む

158 北原白秋

照る月の 冷さだかなる あかり戸に 眼は凝らしつつ 盲ひてゆくなり

160 北原白秋

君かへす 朝の舗石 さくさくと 雪よ林檎の 香のごと

山上忆良

術もなく　苦しくあれば　出で走り　去ななと思へど　児らに障りぬ

无术逃疾苦，
亦思离家去。
转念小儿女，
此步举维艰。

山上忆良（660？—733？）

奈良时代初期贵族、歌人。著名社会派、人生派诗人。年轻时曾随天皇行幸作歌，曾任遣唐少录来唐都长安，回国后奉侍东宫，为东宫侍读，后任筑前国守，成为大宰帅大伴旅人的幕僚。《万叶集》收入他的长歌、短歌、旋头歌、汉诗、汉文，达七十多篇。忆良把人生作为和歌的主题，目光始终关注着人生的“苦”与“爱”，“苦”指社会的各

种痛苦，“爱”指对父母妻儿以及他人的爱情。该观念已经超越个人的范畴，扩大到社会。其作品在《万叶集》中形成独特的世界，扩展了和歌作品的题材，在这个领域达到他人难以企及的高度，显示出奈良初期文学的新倾向。正因为其作品表现的是人生疾苦，终于与宫廷诗歌无缘。其著名长歌《贫穷问答歌》，是忆良文学的象征，日本和歌中难得的现实主义杰出诗篇。它几乎没有任何创作技巧，以对真实内容的充满感情的叙述造成极其强烈的艺术感染力。

⁎赏析

忆良通过对现实的“苦”与“爱”的凝视，触及人的生存根源的本质问题。他的心灵在爱与苦的交织中备受折磨，理想与现实发生不可调和的冲突，无法获得双全的方法，所以他深刻体会到人生的“无奈”。他年老病重的时候，表示一切都可以抛弃，但无法割舍对孩子的爱。《思子等歌》《令反惑情歌》等提倡对父母、妻子、孩子怀有真挚之爱，“尊重父母爱妻儿，此乃世间大道理”。这是他对妻子、子女、家庭观念的本质认识的体现。“金银美玉虽宝物，不及儿女最珍贵。”“人生至此不如死，却念顽儿难割舍。每见娇儿心如焚，忧苦悲伤泪涕涟。”他的爱已经超越单纯的狭小的家庭范畴，扩展到对社会下层百姓的爱，深入思想层面，因此显得苦涩。他一生都无法从这种痛苦的爱中解脱出来，这大概是他的作品缺少欢笑的主要因素。

山上忆良

富人の　家の児どもの　着る身無き　腐し棄つらむ　絁綿らはも

富豪少年郎，
翩翩绫罗裳。
云锦穿不尽，
朽腐弃路旁。

*赏析

忆良着眼于社会的贫困和人生的痛苦，作品交织着理想与现实矛盾冲撞的苦闷，这是他亲身感受社会贫富悬殊的不平和官府对人民横征暴敛、欺压凌辱所造成的民不聊生的悲惨现实的控诉，对挣扎在生活底层的穷人寄予无限同情，主张生而为人的平等。他在《山上忆良老身重病经年辛苦及思儿》等歌中悲愤地发出“天地虽云广，于我却狭小，烈日尽光明，不我来相照”，“有幸生为人，亦力执锄镐”的呐喊。黄钟大吕，铿锵有声，与杜甫的“朱门酒肉臭，路有冻死骨”（《自京赴奉先县咏怀五百字》）一样具有震撼人心的力量。他锐利的笔锋直刺世道的黑暗，抨击人间的丑恶，犀利辛辣、入木三分地暴露造就表面安定繁荣的律令制社会下广大百姓所付出的巨大痛苦和牺牲。

大伴坂上郎女

来むと言ふも　来ぬ時あるを　来じと言ふを　来むとは待たじ　来じと言ふものを

说是来见我，
有时却不来。
不来却待君，
终归不见来。

大伴坂上郎女（生卒年不详）

万叶天平时期的代表性女歌人。大伴旅人的异母妹，初嫁穗积皇子，穗积殁后，先后改嫁藤原麻吕和异母兄宿奈麻吕。她是大伴家持的姑母同时又是岳母。其歌表现一生的情感，其歌风被柿本人麻吕继承发展，在她之后大约六十年间没有出现专业女歌人。她的长歌、短歌、抒情歌、叙景歌、思想歌都不同凡响，感情热烈，注重技巧，风情缱

绻，经常在奔放的感情中诉诸理性。《万叶集》中收录她的作品八十四首，多是闺妇思情之作，其中七十五首是她四十岁以后创作的恋歌。

*赏析

此为坂上郎女对丈夫告诉她今晚不能去见面的回答。她的恋歌大多是“正述心绪”，即直抒胸臆的形式，而且经常使用夸张的手法。“唯我恋君是真心，君说恋我乃安慰。”“踩踏小石子，夜渡佐保河。君骑黑马来，一年盼皆此。”她苦苦地思念自己的心上人，甘愿备受这种苦恋的折磨，在等待中煎熬。“嘴说不想他，我心如此易变迁，实在无奈何。”嘴上说再也不想他，心里却藕断丝连，才下眉头，又上心头，自己的心如此易变，实在无可奈何。在这里，夸张的表现用于自我反思。

祥邨

大伴坂上郎女

沫雪(あわゆき)の　このころ継(つ)ぎて　かく降(ふ)らば　梅(うめ)の初花(はつはな)　散(ち)りか過(す)ぎなむ

沫雪霏霏连日降，
初绽寒梅应落花。

*赏析

“沫雪”意为像泡沫一样松软的雪。这一阵子接连下雪，刚刚绽开的寒梅就会落英凋落的，而花瓣落到淡淡的雪片上。作者惜花，抱怨雪下不停，虽然春天未到，表达盼望春天尽早来临的急切心情。

“沫雪”是《万叶集》中形容雪花的主要用语，如佚名的“急切盼君来，出门却见沫雪降，斑驳落庭院。”表现女子担心心上人会不会因为下雪不来的着急心情。

大伴旅人

沫雪の　ほどろほどろに　降りしけば　奈良の都
し　思ほゆるかも

沫雪纷纷下，
我思奈良都。

大伴旅人（665—731）

大伴家持之父，在朝廷为官，历任九州大宰帅、大纳言等。《万叶集》里收有其长短歌七十余首，尤擅短歌。大伴旅人在九州把众多和歌作者集结在自己周围，与山上忆良等形成以大宰府为中心的筑紫歌坛，可见当时九州和歌的盛况。他的作品在清澈平淡的流水般韵律里寄托心灵的悒郁和悲哀，以老庄思想对人生进行理性的观照和批判。

*赏析

诗意单纯，作者看到纷纷飞雪，不由得想起奈良的平城京。当时大伴旅人从奈良的平城京被派到大宰府（今福冈县大宰府市）担任大宰帅，福冈在奈良的南面，很少下雪，连这里都下雪，那北边的奈良更应该是大雪纷飞吧。原歌使用“ほどろほどろ”（纷纷）叠词形容雪景，使和歌产生强烈的魅力，更深切表现作者的思乡之情。他于神龟四年（727）赴任九州，天平二年（730）回到奈良，升为大纳言，翌年殁。大伴旅人是大伴家持的父亲。

光明皇后

我(わ)が背子(せこ)と　ふたり見(み)ませば　いくばくか　この降(ふ)る雪(ゆき)の　嬉(うれ)しくあらまし

与君二人共赏雪，
我心多高兴。

光明皇后（701—760）

奈良时代的皇族，圣武天皇的皇后。又名光明子等。其父藤原不比等。光明子非皇族出身，册封为皇后，开“非皇族出身皇后”之先河。749 年圣武天皇退位出家后，其女阿倍内亲王即位，光明皇后则以帝母的身份掌握实权。她一生笃信佛教，创建东大寺、国分寺、法华寺等。并在东大寺设立正仓院，以收藏圣武天皇的遗物。同时，她还是著名的书法家，临摹王羲之的《乐毅论》书帖。

*赏析

这是光明皇后献给圣武天皇的和歌。歌意明白坦率，直抒胸臆。那么，这是皇后一个人在赏雪呢，还是和天皇一同观赏初雪而心情高兴？当然，无论哪一种情况，都通过雪表达对家庭幸福的感受，对丈夫的爱情。但一般人认为，此时圣武天皇不在她身边，或是出外巡幸。这样的话，“我心多高兴”就理解为“我心该多高兴”，含带些许遗憾惆怅。原歌称天皇为“わが背子”，十分通俗，《万叶集》中下层百姓对丈夫、亲人、恋人使用的称呼，表现光明皇后对天皇的亲切感。上层人士的和歌也常使用，如大伯皇女送给其弟大津皇子的和歌：“我弟去大和，相送两依依。独立至拂晓，夜深露沾衣。”“我弟”就是用“わが背子”。

大伴家持

鵲(かささぎ)の　渡(わた)せる橋(はし)に　置(お)く霜(しも)の　白(しろ)きを見(み)れば　夜(よ)ぞふけにける

鹊桥见霜白，
知是夜已深。

大伴家持（717？—785）

《万叶集》后期的代表性歌人。大伴旅人之子，少年时随父在九州，受筑紫歌坛的熏陶，后在姑母大伴坂上郎女的指导下学习和歌，继承其父舒展流畅的歌风，又深得汉学修养。仕途不顺，卷入政治斗争，几起几落，心情忧郁，其和歌在秾丽艳美的外表下掩藏着辛酸孤独，诉说着“无可奈何花落去”的失落和凄凉，也是整个贵族社会走向没落的心态反映。家持一生波澜壮阔，从无忧无虑青云直上的贵族公子随着政坛的风云变幻最后衰颓没落，充满悲剧色彩，他的歌风也从飘逸着绮罗香泽变得凄迷悲郁。家持优艳纤细的歌风不仅是他个人的文

学风格，也是万叶后期的风格，也预示着奈良朝向平安朝贵族和歌转变的先声。从这个意义上说，大伴家持是一个时代的歌人。一般认为，他是《万叶集》的最后编纂者。

⁎赏析

“鹊桥”，无疑是运用我国牛郎织女七月七夕鹊桥相会的民间故事的典故，但此处并非实指，而是指宫中的石阶。作者在宫中值夜，看到石阶上铺着一层白霜，知道现在已经深夜。从石阶联想到鹊桥，有点夸张的手法。

大伴家持

沫雪の　庭に降りしき　寒き夜を　手枕まかず　一人かも寝む

沫雪纷飞乱，
寒夜积庭院。
无须当手枕，
今晚独自眠。

＊赏析

沫雪纷飞的寒夜，我今晚无须给妻子枕臂，只好独自睡觉吗？寒冷的冬夜，松软的沫雪静悄悄地下，在庭院里越积越厚，今晚妻子不在身边，作者感受不到她的温暖，备觉孤单惆怅，空气的寒冷更浸透内心的寒冷。这种大雪与爱情联系在一起的和歌很多，在《万叶集》《古今集》等中多有此类作品，如柿本人麻吕的“凝视沫雪下千层，恋君之心长如雪”，意为连日飞雪终不停，我迷恋你的心也如飞雪一样不会停止。

大伴家持

この雪の　消残る時に　いざ行かな　山橘の　実の照るも見む

趁此残雪未消时，
去看雪映山橘果。

⭑赏析

趁着残雪尚未消融的时候，一起去看雪光映照山橘果实的美景吧。这里的“山橘”指的是紫金牛，常绿小灌木，群生于山地，夏天开白花，冬天结红果。雪光里的成熟的红果定然很美，即使寒意未消，也要踏雪观赏。诗中的雪白与鲜红形成鲜明的对照。家持还有吟咏紫金牛的和歌：“残雪映照山橘果，且去采撷做礼物。”平安时代以后，歌人将山橘果实作为生命的象征，作者从自己的政治沉浮中感受到强烈的生命力。

柿本人麻吕

降る雪の　空に消ぬべく　恋ふれども　逢ふよしなし
に　月ぞ経にける

降雪化空中，
无缘相会经岁月，
我恋一场空。

柿本人麻吕（生卒年不详）

飞鸟时代的歌人。万叶黄金时期的白凤时代的歌坛巨匠，《万叶集》中当之无愧的最具代表性的抒情歌人。他最早具有专业歌人文学创作的自我意识，和歌经过他才华横溢的妙手，达到臻于完美的文学形态。叙事歌、叙景歌进入抒情歌以后，人麻吕开拓出圆熟的境界，创造出真正的抒情短歌。他作为御用歌人，奉侍天武、持统、文武三朝天皇、皇太子，奉命或代笔创作很多长歌，完成了长歌形式，并且以庄重沉郁、绚丽华彩的歌风把长歌的文学性推向顶峰，使后来者无出其右。他的长歌

实质上是具有抒情性的思想歌。从内容上说，他的挽歌、羁旅歌、叙景歌、恋情歌等抒情歌更能充分体现他的艺术成就。无论是神话传说，还是吟咏自然，或者人事题材，他都能把人化在物里，把意融在景里，物我一体，境象结合，抒发真挚浑朴的感情，感叹人生际遇，读来如行云舒卷，流水无痕。从而把短歌提高到“诗歌”的文学高度，第一次显示出日本诗歌的真正圆熟，不仅开创了万叶时代的黄金时期，也开拓出绵延后来数百年的抒情短歌的道路，所以被日本人尊崇为“歌圣”。

＊赏析

这是《古今集》中的“冬相闻”，即恋歌。正如降雪在空中消失一样，我的爱恋也将消失，无法与她相见，徒然消耗岁月。自己的心情也如在空中消失的雪花一样融化得了无痕迹。这首和歌的汉字原型第二句是“虚空可消”，“虚”和“空”表达作者的主体情绪，整首歌笼罩着这样的氛围，自己的恋情在虚度岁月中变得空空如也，也许自己的心情无法传递给对方，本身就是一场幻梦，而长年累月的思念让现实的悲哀越发沉重。

古邨

柿本人麻呂

ひむがしの　野(の)にかぎろひの　立(た)つ見(み)えて　かへり見(み)すれば　月(つき)かたぶきぬ

东面原野飘游丝，
回首却见月西斜。

*赏析

从字面上看，歌意清晰明白，不难理解，描写大自然的雄宏辽阔的风景。阳炎（游丝）在东边的原野上袅袅上升，太阳即将升起，回头一看，只见西斜的晓月还挂在天空。这时的晓天应该是晨曦映照的淡红色，而游丝也会闪动着亮光。这是作者在冬天跟随轻皇子狩猎时的作品，其背后难免带有政治含义，这里把轻皇子比喻为“朝阳”，把“西斜的残月”比喻为轻皇子的父亲草壁皇子。草壁皇子是天武天皇的儿子，二十八岁去世，未能即位。人麻吕觉得轻皇子年轻有为，后来他果然成为文武天皇。这首和歌主要还是表达对草壁皇子的怀念。

柿本人麻吕与山部赤人被纪贯之、藤原俊成称为“歌圣”。他是飞鸟时代的歌人，作为宫廷歌人创作很多颂扬君主的赞美歌、对妻子寄托哀思的绝唱以及大量风物诗。既有写实性的万叶风格，也有观念性的古今歌风。

山部赤人

田子の浦ゆ　打ち出でて見れば　真白にぞ　不尽の高嶺
に　雪は降りける

驶入田儿浦，
眺望飞雪富士山，
山峰一片白。

山部赤人（？—736）

奈良时代的歌人。其出身、经历多不明，据《万叶集》记载，似当过小地方官，曾随驾游吉野、难波等地，应诏作歌。他是万叶歌人中最具典型的叙景歌人，以凝练的纯客观态度和理性表现素材内容，他的抒情显得超然而孤高。后人将其与柿本人麻吕并称“歌圣”。《万叶集》收有其长歌十三首、短歌三十七首。

*赏析

田儿浦是兴津至蒲原一带的海岸，作者的目光停留在田儿浦的海边风景上，但风景不是静止的，而是“驶入”的动态，而且似乎还能听到海水拍岸的声音。“眺望”则在海边近景与远处的富士山之间营造出一个广阔的空间，“驶入”之后，周围没有了遮挡物，眼前豁然开朗，视野开阔，从而增加了叙景的纯净度，使富士山顶的积雪鲜明清晰地凸现出来。白色这个色彩的具象性把天空与大海隔离开来，富士山壮美的姿态定位在广袤的空间里，显得格外崇高。透视法的使用恰到好处地安排主体与客体的距离关系，使整个画面产生完美的平衡感。表面上看，这首和歌只是赞美富士山积雪的英姿之美，然而在歌人的眼里，富士山无疑是代表日本的“神山”，在长歌中明确赞颂“圣洁且高贵”，神山之秀丽含带着神秘的色彩，使他充满信仰之情，作品隐藏着作者对自然神崇拜的思想。

小野篁

花の色 は雪にまじりて 見えずとも 香をだににほへ 人の知るべく

雪掩不见花颜色，
却闻幽香人应知。

小野篁（802—852）

平安时代首屈一指的汉学家，《古今集》时代第一期的代表性歌人。承和元年（834）被任命为遣唐副使，但因与大使藤原常嗣有隙，称病不去，承和六年（839）被流放隐岐，翌年回京。官至从三位等职。其和歌收在《古今集》《新古今集》《玉叶和歌集》等敕选集里。

⋆赏析

这首和歌题为《咏雪降梅花》。内容平易，采取写实手法，简洁如万叶之风，却又表现作者理性化的思维。

在原业平母

老いぬれば　さらぬ別れも　ありといへば　いよいよ見まく　ほしき君かな

老来别离终难免，
更思与君见一面。

在原业平母（？—861）

桓武天皇的公主伊登内亲王。

＊赏析

此歌序云："业平朝臣之母住长冈之时，业平奉仕宫中，未能时常探问。腊月，母有函至，云有急事。拆阅，无他语，唯有一歌。"在原业平的母亲是桓武天皇的女儿伊登内亲王。延历十三年（794）都城从长冈京迁往京都以后，她仍然居住在长冈京。由于其子在原业平在京都的宫中做官，不能经常回长冈京探望母亲。到了阴历十二月，母亲派人送来一封信，说有急事。业平拆开一看，信中什么也没写，只有一首和歌。此歌非常坦率地表现老母亲想念儿子的心情，自己已经老迈，难免最后一别，更想见你一面，希望儿子时常回来看望自己。

在原业平接到这封信后，写了一首答歌："唯望世上无别离，祈母千岁为人子。"作为人子，为了祈祷母亲千岁长寿，多么希望这世间没有生离死别啊！

僧正遍昭

天つ風　雲の通ひ路　吹きとぢよ　乙女の姿　しばしとどめむ

天风吹云塞通路，
少女艳姿且留住。

僧正遍昭（816—890）

平安时代前期歌人。原名良岑忠贞，恒武天皇的孙子。仁明天皇时官至从五位上。嘉祥三年（850）仁明天皇去世后，哀恸至极，抛妻弃子出家，时年三十五岁。贞观十一年（869）被授予法眼和尚之位。后任僧正，在仁寿殿被赐予七十大寿贺。翌年封食邑一百户，允许乘辇车进入宫门。贞观年间在山城花山创立元庆寺，任座主。其歌风轻妙洒脱，具有平安贵族式的美学情趣，但出家后从美丽的自然景物中获得佛教的启迪，把社会环境与个性融为一体。

*赏析

此歌题为《观五节之舞姬·咏之》。舞姬，即舞女。每年的阴历十一月，在宫中举行大尝祭或者大尝会的时候，都有四个舞姬表演舞蹈。这四人都是从公卿、国司等达官贵族的家里挑选出来的。“五节”，传说天武天皇在吉野宫弹琴之时，天女自天而降而舞，五次翻动衣袖。此处表示舞姬身着的艳丽衣服和优美的舞姿。此歌将五节之舞姬比喻为仙女。大意是：在舞姬跳完舞即将进入后台的时候，天上的风啊，赶快将仙女们乘云离去的通路遮蔽，且留住她们无比美妙的身姿。这是作者在俗时的作品。

在原业平

名にし負けば　いざ言問はむ　都鳥　わが思ふ人は　ありやなしやと

名字既有“都”，
都鸟且闻你：
日夜思念人，
无恙存世否？

在原业平（825—880）

平安时代初期至前期代表性歌人。平城天皇的第一皇子阿保亲王之子，官至藏人头，未能飞黄腾达，却擅长和歌。他能得心应手地调动一切语言要素，为表现热烈奔放、细腻丰富的感情和塑造余韵丰饶、朦胧多重的形象服务，建构起《万叶集》所没有的超脱现实的观念世界。

*赏析

此歌有一段长序，记述创作背景：离开京城出门旅行已有数月，一路行来，虽风尘仆仆，却依然感觉陆路与家门相连，尚可放心。如今行到武藏国的隅田川边，大水湍急，无桥可通，唯舟可渡。遥望对岸远处，路途迢迢，无边无际，顿生寂寞之情，心想自己已经来到这么远的地方了，心怀感伤，茫然若失。此时艄公催促道："天黑了，快上船！"于是只好上船，然更加思念京都亲人，愁绪万端。忽见一只红嘴红脚的白鸟在岸边悠然戏水，甚觉可爱，不禁心情好转。众人皆不知其名，便问艄公。艄公回答说："那叫都鸟。"一闻此名，心情又立即郁闷起来，思乡念人，难以抑制，乃吟咏此歌。这里所说的"都鸟"，其实就是赤味鸥、红嘴鸥的雅称，冬季到日本越冬，在隅田川一带称为"都鸟"。此歌意思说：都鸟啊，既然你的名字里有"都"字，就应该知道京都里的事。我且问你：我所日夜思念的京都的人儿，现在是否还活在世上呢？表现行旅中的作者对家乡的妻儿的思念和关心。

在原业平

忘(わす)れては　夢(ゆめ)かとぞ思(おも)ふ　思(おも)ひきや　雪(ゆき)踏(ふ)み分(わ)け
て　君(きみ)を見(み)むとは

终是忘却疑是梦，
踏雪寻路探望君。

*赏析

此歌序云：“往惟乔皇子处，见其落发，居小野。此正月之时，比睿山麓，雪深难行，勉至其室，礼拜之，顿感岑寂悲伤，归咏此歌。”惟乔皇子是文德天皇的长子，却未能继承皇位，二十九岁时出家，隐居小野。小野在比睿山麓。正月之时，在原业平踩着深深的积雪前去看望他。好不容易来到他居住的简陋的房屋里，表示贺年。但眼前的如此景象，皇子的寂寥凄凉，不由得悲从中来，使他忘记了自己身在现实之中，仿佛是在做梦。在原业平对惟乔皇子的落魄也许深有同感，惟乔皇子未能继承皇位，据说因为其母不是出于权臣藤原家族。虽然在原业平是阿保亲王的第五子，出身正统，但他的妻子也不是藤原家族，所以未能飞黄腾达。他在正月特地去看望惟乔皇子，也许是同病相怜吧。

坂上是则

朝ぼらけ　有明の月と　見るまでに　吉野の里に　降れる白雪

以为拂晓月色明，
原来吉野降白雪。

坂上是则（生卒年不详）

平安时代前期的歌人。嵯峨天皇时代曾任微官。和歌集有《是则集》。

*赏析

天刚破晓，觉得外面一片亮光，以为是晨月如水，其实是吉野昨夜下雪，雪光映照。误以为雪光是月光，自然采用夸张的手法，突出雪的白和亮。同样内容的和歌，还有如纪贯之的“夜里误作月光看，我家庭院降白雪”。

凡河内躬恒

雪ふりて　人もかよはぬ　道なれや　あとはかもなく　思ひ消ゆらむ

雪降人不来，
道路迷失无踪影，
我思亦消沉。

凡河内躬恒（生卒年不详）

平安时代前期歌人。曾任下层地方官。与纪贯之、纪友则等编纂和歌集《古今集》。常奉天皇之命创作许多贺歌、屏风歌，擅长即兴创作。歌风爽直抒情，对自然具有敏锐的感性。

*赏析

此歌题为《吟降雪》。纷纷飘落的雪花把道路铺满，逐渐消失得无影无踪，我也因此心情郁闷，意气消沉。积雪封路，外面的人无法进来，我的希望也随之破灭，我的种种想法也随之消失，和道路一样无影无踪，只好闭居家中，无所事事，消磨时间。

纪友则有一首和歌吟雪“雪降树树雪花开，梅花树树开”，把雪花比喻为梅花，粘在树上的雪花犹如梅花。《万叶集》吟咏冬天的题材最多的是雪，其次是梅花。现在一般把梅花视为春天的景物，但过去使用阴历，所以将梅花视为冬天的风物，而且是白梅，形容梅花开花如雪花挂树。

纪友则

雪(ゆき)降(ふ)れば　木(き)毎(ごと)に花(はな)ぞ　咲(さ)きにける　いづれを梅(うめ)と　分(わ)きて折(お)らまし

雪落树上绽白花，
不辨哪朵是梅花。

纪友则（845？—907）

平安时代前期歌人。纪贯之的堂兄，仕途不得志，大约殁于延喜七年（907）。与纪贯之统领宇多、醍醐时期的歌坛，与纪贯之、凡河内躬恒等编纂的和歌集《古今集》。性格稳重敦厚，歌风典雅流丽。

*赏析

此歌题为《见下雪吟》。这里把“雪花”比喻为“梅花”，下雪即开花，雪花是一种不知春天的花。雪覆盖树上，分不清哪棵树是什么树，也分不清哪是雪花哪是梅花，吟咏雪中的风情。

作者使用一点文字小技巧，原文中的“木每”（每棵树）组合在一起，就是“梅”，与后面的“梅”相呼应。同样，文屋康秀的“吹くからに秋の草木のしをるればむべ山風を嵐といふらむ”（山风吹来时，秋天草木渐次枯，此风称暴风）。“暴风”原文是“岚”，“山风”二字组合在一起即是“岚”。

菅原道真

花(はな)とちり　玉(たま)とみえつつ　あざむけば　雪(ゆき)ふる里ぞ　夢(ゆめ)に見(み)えける

雪花纷飞铺琼玉，
恍若梦见故乡雪。

菅原道真（845—903）

平安时代的学者、诗人、政治家。擅长汉诗。醍醐天皇时代官至右大臣，受左大臣藤原时平谗言，贬至九州太宰府担任外帅。死于流放地。现在被尊为“学问之神”。

*赏析

这是菅原道真贬谪到太宰府后的吟咏。筑紫在今福冈县，太宰府所在地。连筑紫这个南国也雪花飞舞，莹洁如玉，装点庭院玉琢银装。这白雪让我惶惑，想起白雪纷飞的故乡，恍若梦中所见。这里的“故乡”指的是京城。这是作者的思乡之情跃然纸上，睹雪思乡，仿佛自己梦中回到故乡。作者一直认为自己的左迁是一起冤案，虽然心情沉重，却坚信总有一天会得到昭雪，重回京城，他始终保持如明月般高洁清亮的心态，坚守梅花般高雅傲骨的人生态度。传说菅原道真左迁筑紫，离家时吟咏和歌“东风吹拂白芳馨，梅花无主应忘春”，梅树竟一夜之间飞到太宰府。

源宗于

山里は　冬ぞ寂しさ　まさりける　人目も草も　かれぬと思へば

山间寒冬尤萧瑟，
无人来访草木枯。

源宗于（？—940）

平安时代前期的歌人，三十六歌仙之一。光孝天皇之孙。脱离皇室，赐姓源氏。曾任权守、兵部大辅、右马头。其歌收入《古今集》。著有《宗于集》。

*赏析

题为《咏冬歌》。我所居住的山间本来就很偏僻岑寂，但毕竟有春花秋叶，夏季凉爽，人来人往，但一到冬天，人迹不至，草木枯萎，更显得荒凉萧瑟。此歌也并非单纯的叙景，而是深怀思人来访的强烈愿望，作者寂寞的心情溢于言表。有人认为此歌是作者代女性而写（这在《万叶集》中颇为常见），这样就变成女子思念心里人的恋歌，以“山间”自喻，无人来访，被人遗忘，哀怨叹息。也有人认为是作者对仕途不如意的哀叹，远离权力中心，被贬于边缘化的偏僻山间，无人问津，这是向权势者表示自己的心迹，题为《咏冬歌》正是对自己境遇的暗示。

源宗于

山里（やまざと）は　冬ぞさびしき　まさりける　人目（ひとめ）も草（くさ）も　かれぬと思へば

山间寒冬倍寂寞，
不见人来草亦枯。

⋆赏析

意思浅显，明白如话。作者住在山间，据说这是他送给居住在城里的朋友的歌。山里的冬天倍感寂寞，无人来访，草木枯萎，天空阴沉，所以充满孤独感，心情黯然。

过去的日本人不喜欢冬天，和歌、连歌以冬天为题材的作品比起其他季节要少得多，一般都是表达寒冷的感觉和阴郁的心情，少有审美情调。《徒然草》说“屋宜向夏而建”，连房子的结构都要适宜夏天的情趣，“冬则随处而居”，感觉冬天不会产生美学感受。

这首和歌强调“寂寞”，而且形容为“倍”，寒冬山间的寂寞是城里人所没有体验的，这种“不见人来”的孤独在作者的心灵投下寂寞的阴影。他脱离皇室后，远离父母亲人，这种孤独的寂寞不仅是因为独居山间，恐怕更有其对平安王朝末期的绝望的因素吧。

纪贯之

思(おも)ひかね　妹(いも)がりゆけば　冬(ふゆ)の夜(よ)の　川風(かわかぜ)さむみ　千(ち)鳥(ど)(り)なくなり

思妹心切切，
欲去与君会。
冬夜江风寒，
白鸻啼声悲。

纪贯之（872？—945）

平安时代和歌复兴期的代表性歌人，《古今集》编纂者的核心。精通汉学，官至从五位上、木工权头。他为天皇起草诏书，经常参加宫中歌合（即赛歌），还创作许多屏风歌。《古今集》是日本第一部敕选和歌集，纪贯之的序是第一篇用日文写的序，是日本文学最早的评论，建立起较为完整的和歌理论体系雏形，为本民族诗歌的理论奠定了坚实

的基础，对日本和歌的发展做出了历史性的贡献。《古今集》里收入他的作品也最多，他的短歌几乎是《古今集》时代歌风的总体象征，具有热爱自然、体物细腻、语言清丽、格调疏阔的贵族风格。这种风格后来长期被日本人视为日本民族的古典特性。他根据土佐守任满回京的旅途体验著述的《土佐日记》是日本假名散文、日记文学的先驱。

*赏析

冬夜寒冷，思君心切，欲去相会，却闻白鸻悲啼，江风彻骨。作者没有说自己是否去了，但从后面的说明来看，似乎没有去，也许离得远吧？另外，“千鸟”有两种理解：一种认为指的是白鸻，另一个理解指的是“群鸟”。如果是前者，大概就一只白鸻；如果是后者，就是一群鸟，那么，诗中的“妹”在前者大概是“妻子”，在后者就不是一个人，大概是“情人”。同时，原诗的“なく”是双关语，既是“啼叫”，也是“哭泣”，那么，作者听到的是女子因为自己没有去而发出的哭泣声。不过，这首和歌写的并非作者本人的事情，而是在屏风画上的题诗。

古邨

纪贯之

ゆく年の　惜しくもあるか　なます鏡　みる影さへに　くれぬと思へば

岁末惜别一年去，
揽镜已觉容颜老。

⋆赏析

临近岁末，惜别一年，揽镜自照，觉得自己的容颜甚至也随着时光流逝而老去，感叹韵华如水，晨曦易逝。同样的题材，如“乌丝渐变色，白雪落明镜”，叹息韶光易逝。

纪贯之

思(おも)ひかね　いもがりゆけば　冬(ふゆ)の夜(よ)の　川風(かわかぜ)さむみ　千鳥(ちどり)なくなり

恋火难耐欲寻妹，
冬夜风寒鸟儿鸣。

*赏析

此歌选自《拾遗集》。想念心上人，火烧火燎，难以排遣。我现在就去你的身边，这冬天寒夜，江风透骨，鸟儿哀鸣。这里的“なく”是双关语，即是鸟儿的啼叫，鸟啼也悲伤，从而想到女子的啼哭。一路上仿佛听见她的抽泣声。

同样是《拾遗集》里有一首女子写的和歌：“夜半醒来侧耳听，羡慕鸳鸯浮水上。”

纪贯之

雪降れば　冬ごもりせる　草も木も　春に知られぬ　花ぞ咲きける

草木冬眠时，
雪花绽放不知春。

* 赏析

只要一下雪，草木都绽开春天不认识的花朵。所谓“春天不认识”，指的就是雪花。十分单纯的景物描述，但作者从中发现冬天的美。冬日时节，雪是花，草木冬眠，蓄芳来年，同时也包含着对春天的期待。对于“春天不认识”，也有人解释为“草木没有意识到春天尚未来临而竞相开花”。

和歌作品往往把雪花比喻为“春天不认识的花”(这里的“花”指的是“梅花”)，把落樱比喻为“天空不认识的花”。纪贯之有和歌:“隆冬不思花，却见树上花盛开，原来是雪花。”纪友则有和歌:“降雪树树尽放花，牛怕错将梅花折。”雪花与梅花难以分辨，而严寒的冬天给歌人带来淡淡的春梦。

佚名

大空の　月の光し　きよければ　影見し水ぞ　まづこほりける

月色澄莹映池水，
池水最先冻成冰。

*赏析

此歌选自《古今集》的冬歌。一轮明月，皎洁清辉，而映照出月影的清水将最先冰冻。澄莹的冬月发出清冽的寒光，一泓清水吸收月亮的冷光，将最快凝冻，这自然是对眼前现象的幻想。这里的清水大概不是流水，而是池塘平静的水面。池面如镜，月是玉盘，月、光、水、影四者营造出清爽透明的氛围，在天与地的辽阔空间洋溢着寒冬的空气，凛然而清澈。岛木赤彦有一首和歌“湖冰虽化水犹寒，新月荡漾微波上”，大概是受到这首和歌的影响。

和泉式部

せこがきて　臥ししかたはら　寒き夜は　わが手枕を　我ぞしてぬる

君来卧身旁，
如今无人觉夜寒，
独自枕臂眠。

和泉式部（978？—？）

平安时代中期歌人。越前守大江雅致之女，初嫁和泉守橘道真，生小式部，后离异，与为尊亲王、敦道亲王热恋。敦道亲王死后，仕中宫彰子，嫁给藤原保昌。和泉式部是平安时代最杰出的女歌人之一，继承和发展了《古今集》的传统，开平安后期的歌风。《拾遗集》收入她的二百四十七首和歌，在女歌人中数量最多。她以热烈痴爱、缱绻风情的赠答的恋歌而著称，其中不乏晦涩难解之作。一生风流多恋，被橘道

真的上司藤原道长讥为“水性杨花”。她在晚年对自己的一生进行无情的解剖和反省，写下“那罪孽深重的手一接触花朵，都会使鲜花枯萎”。

*赏析

和泉式部的恋歌是她一生缱绻风情的痴爱的写照，那种如火如荼、热烈缠绵的狂恋把她的感情燃烧到极点。恋人到来的时候，躺卧在我的身旁，然而现在我感觉身边寒冷，只好枕着自己的手臂独自睡觉。她在等待，恋人却还是没有来，失望、空虚、无奈的感觉，恐怕这又是一个难眠之夜。和泉式部的恋歌生动鲜明地记录她充满爱恋感受的多愁善感的人生，对爱情的热烈化为和歌的韵律。

古邨

和泉式部

もみぢ葉(は)も　ましろに霜(しも)の　おける朝(あさ)は　越(こし)の白嶺(しらね)ぞ　思(おも)ひやらるる

霜降红叶白如霜，
不由思念越白岭。

*赏析

早晨起来一看，经霜红叶一片白，不由得想起越国的白岭。越白岭即加贺白山的旧称，位于石川县与岐阜县之间，终年冰雪覆盖，与富士山、立山并称日本的山灵山，是古时候人们崇敬向往的山脉。作者从红叶上的白霜联想到白山，由近及远，由小见大，思绪从眼前的红叶飞到遥远的越国。她本人似乎没有在越国待过，但外祖父担任过越中守、父亲担任过越前守（地方长官），由于这层关系，从白霜想到父辈曾经工作生活过的、对自己陌生的地方，却也充满感情。

纪贯之有“不知白山难想象，夜夜梦中去相会”，这是他赠送前往越国赴任的朋友的和歌，因为没有去过白山，无法想象，不知道是什么样子，但为了见到你，我每天夜里都在梦中翻越这座山，表达对朋友的思念之情。

伊势

冬がれの　野べとわが身を　思ひせば　もえても春を　またましものを

思我此身苦，
犹如荒野枯。
寒冬燃烈焰，
岂待春复苏。

伊势（877？—938？）

平安时代中期的歌人。伊势守藤原继荫之女，仕宇多天皇的中宫藤原温子，为上所幸，成为宇多天皇的更衣，生皇子。天皇让位后，她离开宫廷，后受宠于敦庆亲王，生中务。歌风细腻洗练，以恋歌表达自己情感的损伤和心灵的孤独，与小野小町并称平安前期女歌人“双璧”。其歌收入《古今集》《后撰集》著有歌集《伊势集》。

*赏析

此歌前言说自己正为恋爱而万分苦恼时，在路旁看见冬天荒地上的枯草在野火中燃烧。于是联想到自己的身世，自己的爱情犹如这寒冬荒野的烈火，在心中炽烈燃烧。炽热的爱情之火虽然正在熊熊燃烧，却无法获得真正的爱情。冬天的野草被烧尽以后，在春天又会重新萌发新芽，但自己的爱情不是野草，即使大地复苏，春天来临，也无法新生。伊势是一个非常浪漫的热恋女子，但她的恋歌经常流露出淡淡的忧愁，以平静的语调吟咏真挚的感情。

清原深养父

冬ながら　空より花の　ちりくるは　雲のかなたは　春にやあるらむ

冬日天空花飘落，
莫非云外已是春。

清原深养父（生卒年不详）

平安中期的歌人。清少纳言的曾祖父。一生微官，然和歌素享盛名。歌集有《深养父集》。

*赏析

寒冷的冬天，从天空飘落樱花，莫非云层外面已经是春天了吗？作者以这种形式盼望春天的来临，同时也表示对雪花的喜爱之情。他的歌风幽默诙谐，饶有情趣。如“吾庐寒犹加，却见垣根散落花，春已到邻家”，春天已到邻家，我家里却还是冬天，盼望春天来临的心情溢于言表。

源重之

風をいたみ　岩うつ波の　おのれのみ　砕けてものを　思ふころかな

狂风卷浪击岩石，
唯见激浪自身碎。

源重之（？—1003？）

清和天皇的曾孙。平安时代中期的歌人，三十六歌仙之一。曾任筑前权守。

*赏析

狂风怒号，卷起千堆雪，惊涛骇浪猛烈地撞击着海上的岩石，但是，岩石岿然不动，而粉身碎骨的却是波浪自身，颓然散落成水沫。回顾自己的恋情，无论多么强烈的表白，对方都无动于衷，唯有自己心碎。而且对方如岩石般冰冷，大概也不知道自己为她苦恋而断肠。《万叶集》《古今集》中吟咏失恋，多为女子，但此歌是写男性心乱如麻的苦恼，以激浪比喻自己的心情，有一种心碎的感觉。

源兼昌

淡路島　かよふ千鳥の　鳴く声に　幾夜ねざめぬ　須磨の
関守

飞渡淡路岛，
白鸻声入梦。
几多辗转夜，
须磨守关人。

源兼昌（生卒年不详）

平安时代中后期的歌人。曾任皇后宫少进，后出家，称为“兼昌入道”。

⁎赏析

须磨关的关守，听见白鸻群鸟飞过淡路岛的叫声，大概几天晚上都睡不着觉吧。白鸻是栖息在水边的小鸟。和歌中描写的冬天海滨的景物，往往是思念妻子、朋友的象征。淡路岛是位于兵库县西南面海上的小岛。须磨是摄津国的歌枕，即现在的神户市，是平安时代的流放地。不过在作者创作这首和歌的时候，摄津国已不存在，只是还保存有当年的关口遗迹。“关守”，即管理关口的官吏。草木荒凉的须磨，面对大海，隐约可见淡路岛，一群白鸻朝岛的方向飞去，那啼叫声勾起守关人思念妻儿、朋友的寂寞心情，想到自己孤苦伶仃的境遇，悲伤之情袭上心头，大概几个夜晚都无法独眠吧？

三条院

心にも　あらで憂き世に　長らへば　恋しかるべき　夜半の月かな

倘若不经意，
长生忧患世，
今宵夜半月，
亲切最堪忆。

三条院（976—1017）

第六十七代天皇。宽弘八年（1011）受一条天皇禅让，践祚。因患眼疾，被藤原道长逼迫，于长和五年（1016）让位给后一条天皇。

*赏析

此歌体记云：“身体违和，正思去位之时，观月明。”这是三条天皇于长和四年（1015）十二月十几日赏月后写给中宫妍子的和歌。“身体违和”，天皇指自己健康不佳，加上宫中多事，两次发生火灾，便心生去意。虽然此时决心已下，但思前顾后，不胜感慨。观赏明月也让他悲情难禁，自己身患重病，恐不久于人世，但退位以后，如果出乎意料地还能活下去，今晚的月亮一定最值得回忆，倍感亲切。三条天皇于吟咏此歌的第二年正月禅让。不久便发生女儿当子内亲王与藤原道雅私通之事，他异常痛苦，预感来日无多，黯然神伤。

紫式部

年暮れて　わがよふけゆく　風の音に　心のうちの　すさまじきかな

今年亦岁暮，
我生如夜已更深，
风声心凄楚。

紫式部（970？—？）

平安时代中期的《源氏物语》作者。藤原为时的女儿，山城守藤原宣孝之妻。长保三年（1001）丧夫后，仕于一条天皇的中宫彰子。著有《紫式部日记》。

*赏析

选自《玉叶集》第六卷《冬》。今年也到岁暮时节，我的生命也和夜间一样，已是深更。这里的“生命”宜理解为“一生”或者“年龄”，当时人的寿命较短，现代人感觉的中年期就已经觉得进入老年了。听着深夜的风声，心情不由得寂寞凄寒。这首和歌记载于《紫式部日记》，她回忆自己初次进宫时的情景，“腊月二十九日进宫。初次进宫亦是如此之夜”，这是她在丧夫后入宫、现已习惯宫廷生活的中年女性的凄寂感慨。

藤原俊成

かつ氷(こお)り　かつはくだくる　山河(やまかわ)の　岩間(いわま)にむせぶ　あかつきの声(こえ)

山间激流下，
这边方破冰，
那边又结上，
呜咽拂晓声。

藤原俊成（1114—1204）

平安后期至镰仓前期的歌人。官至正三位，曾任皇太后宫大夫。他奉白河法皇之命，于文治三年（1187）编纂成《千载集》，结束了金叶、词花时期的混乱局面。他崇尚“幽玄”美学，在恢复《古今集》清雅抒情的正调的同时，创立了余韵幽玄的新古典调的世界，标志着中世和歌的成立。《千载集》总体风格富有余韵的抒情美，尤其注重音调的整饬，与《新古今集》一起代表着中世和歌鼎盛期的辉煌。

＊赏析

冰雪覆盖的山间，一股激流奔腾而下，在冰层中迸溅穿越，冲破这边的冰块，而那边的流水又同时立即结冰，这样勇往直前地扫荡一切阻挡前进的冰块等障碍物，曲折迂回地一路向前。那流水与岩石、冰块碰撞，停滞后继续冲击，发生呜咽般的声音，如泣如诉，如怨如慕，构成山川拂晓的声响。“呜咽”是点睛之笔，把流水与冰雪、山岩颉颃不屈，奋不顾身的精神表现出来。当然，形容流水声“呜咽”典出白居易的《五弦弹》，其中有“第五弦声最掩抑，陇水冻咽流不得”句，藤原俊成予以借用。

藤原定赖

朝ぼらけ　宇治の川霧　たえだえに　あらはれわたる　瀬々の網代木

拂晓宇治川，
浓雾笼江面。
待到雾散去，
处处见鱼簖。

藤原定赖（995—1045）

平安时代歌人。官至正二位权中纳言。擅书法、管弦。

＊赏析

宇治川，发源于琵琶湖，流经京都府南部的河流。属于淀川水系，上游是濑田川，流入大津市后的中游是宇治川，下游是木津川、桂川。冬天，早晨寒冷，大雾弥漫，笼罩江面。但是，一旦散去，就会看到江上各处都有插在水里的鱼簖木头。鱼簖，又称鱼箔，插在溪流、河流、湖汊浅滩处的竹栅栏，用来捕鱼。宇治川冬季主要是捕“冰鱼（小香鱼）”，这是平安时代的一道风景。当时宇治川两岸多有贵族别墅，这些鱼簖也都是贵族们设置的，反映出他们的情趣。这是一首典型的述景歌，早晨醒来，浓雾散去，看到的是宇治川特有的冬景，如一幅绘画，在作者的视野里出现时间和空间的变化。

源经信

雲はらふ　比良の嵐に　月さえて　氷かさぬる　真野のうら波

比良山风狂，
吹扬积雪轻。
皓月真野岸，
拍浪层层冰。

源经信（1016—1097）

平安时代后期的歌人、歌学者。朝廷重臣，六朝元老，身处政治中枢达六十五年，官至正二位大纳言。其和歌富有生活情趣，擅长以写生手法状景，清新细腻，铺叙自然，语言精雕细刻，有散文风韵。

*赏析

选自《大纳言经信卿集》。平安时代后期的代表性歌人，他具有宫廷贵族必需的汉诗、和歌、管弦的三种才华，而且精通掌故。作品以清新明丽的叙景歌著称。如这首和歌，整体结构如同一座用语言建构的牢固建筑物。吟咏的是琵琶湖西岸比良山的冬景。强烈的山风把积雪吹刮起来，皓朗的月光映照真野海边，波涛拍打海岸，每涌上来一道海水，就结成一层冰。

源俊赖

憂(う)かりける　人(ひと)を初瀬(はつせ)の　山(やま)おろしよ　激(はげ)しかれとは　祈(いの)らぬものを

我来初濑寺，
示爱冷漠人。
并未祈山风，
猛烈袭我身。

源俊赖（1055？—1129？）

平安时代后期的歌人、歌学者。源经信之子，仕于堀河、鸟羽两朝。晚年出家。努力革新和歌，编纂《堀河百首》。又受命编纂《金叶和歌集》。其和歌思想被俊成继承，发展成幽玄体。著有歌集《散木奇歌集》，歌论《俊赖髓脑》。

⁎赏析

此歌题记云:“于权中纳言俊忠家吟咏恋歌十首，可谓咏祈祷犹不见恋之心也。”为了获得对自己冷漠的心上人的爱情，我来到初濑的长谷寺向观音菩萨祈祷。可是这时山风忽降，猛烈地袭击我的身体。啊，我祈祷的不是对我如此无情的山风，这只能证明她的心依然是冰冷的。

对这首和歌的理解，也有人认为主人公应该是一位女子。少女在长谷寺虔诚地祈祷爱情，然而未能如愿以偿，依然被男人抛弃。“初濑山风”象征着离她远去的男人的冰冷的心。

藤原清辅

冬枯れの　森の朽葉の　霜の上に　落ちたる月の　かげの寒けさ

严冬森林叶枯朽，
月落霜上影也寒。

藤原清辅（1104—1177）

平安时代的歌人。六条家藤原显辅之子，深得二条天皇的信任，编纂《续桐花集》。编纂未完而天皇去世，所以此书未能成为敕撰集。著有《奥义抄》《袋草纸》等许多和歌理论专著。

*赏析

此歌题为《森间寒月》，在《新古今集闻书》等书籍中注释道："此歌描述寒冷之'道具'有四：枯冬、朽叶、霜上、月影。虽点明'清'，仍有含蓄余情。此歌如琉璃上看水晶，体难以着手。结句为'月影寒'，言不尽意，似觉词亦无物。"这首和歌使用写实手法，描写林间寒月，词意明白，月光照射在严冬树林地面的枯朽落叶上。此歌写物状景，细致真切，印象鲜明，月光清寒澄明，透入胸间，其姿"如琉璃上看水晶"，言外之余情（体）"难以着手"。作者把表现"清寒"主题的四个景物进行组合，仿佛实景的写生，其实是心象风景的构成，体现对外在物理性的具象感受。

藤原俊成女

冴(さ)えわびて　さむる枕(まくら)に　影(かげ)見(み)れば　霜(しも)ふかき夜(よ)の　有明(ありあけ)の月(つき)

轻寒觉梦醒，
枕上明月影。
却望霜浓夜，
晓月透清冷。

藤原俊成女（？—1251？）

镰仓时代前期的歌人。其母是藤原俊成的女儿八条院三条，是俊成的外孙女，但因为成为他的养女，所以称俊成女。源通具之妻，后离异，仕于后鸟羽院。四十二岁左右出家。歌集有《俊成卿女集》。

＊赏析

选自《新古今集》第六卷《冬》。其实作者是大歌人藤原俊成的外孙女，但因为成为他的养女，所以称为俊成女，是镰仓时代初期屈指可数的女歌人之一。这首和歌勾勒出一幅孤独居住的女主人公被拂晓的寒冷冻醒后，环视四周“轻寒”景象的图画。枕上的月光、霜浓的夜空、拂晓的寒月都突出孤独感的存在。

藤原俊成女

霜枯(しもか)れは　そことも見(み)えぬ　草(くさ)の原(はら)　誰(たれ)にとはまし　秋(あき)の名残(なごり)を

満目衰草经霜枯，
问谁可知残秋处？

*赏析

选自《新古今集》第六卷《冬》。寒冬霜降，衰草遍野，秋色已尽，满目萧瑟。我问谁才能知道呢？何处还有秋色残存？作者面对“满目衰草经霜枯”的景象，心里依然留恋缤纷斗妍的秋草秋花，渗透着作者注视“时间”的心态。

曾祢好忠

由良の門を　渡る舟人　かぢをたえ　ゆくへも知らぬ　恋の道かな

欲渡由良门，
船夫无舵难操纵，
如我恋迷途。

曾祢好忠（生卒年不详）

平安时代后期的歌人。中古时期三十六歌仙之一。曾在丹后担任地方官。

*赏析

由良川流经丹后国（今京都府宫津市），“门”意为河口。即河流注入大海的地方，水流湍急，多有漩涡，险象环生。船从这里经过，都需要技巧精湛的船夫操舵，掌握航向。否则，船就会在水上漂流，迷失方向。而我的恋爱正如在激流中漂荡的一叶扁舟，失去船舵，找不到方向，不知道会是什么样的结果。这是作者在丹后国任职时想念在京都的恋人时的心情，尽管自己竭尽全力，依然束手无策，无奈地发出一声充满失望感和徒劳感的长叹。

寂然法师

尋(たず)ねきて　道(みち)わけわぶる　人(ひと)もあらじ　幾重(いくえ)もつもれ　庭(にわ)の
白雪(しうゆき)

无人踏雪来，
寻路苦探访。
庭院任降积，
几重亦何妨。

寂然法师（生卒年不详）

平安时代后期贵族、歌人。官至下壹岐守，婉拒，不久出家，隐居大原，号唯心房寂然。与两个哥哥寂超、寂念并称“大原三寂”。与西行深交。

⋆赏析

此歌题记云：“大雪之晨，咏于大原。”大原是比睿山背面的山村，是作者的隐居之地。下雪的日子，大概不会有人辛苦冒雪来访。雪啊，那就随意下吧，厚厚堆积在庭院里。这虽然是描写在远离俗世的山村隐居修行的遁世人的生活起居的情景，但使他们的日常生活更加清净的是纷纷扬扬的大雪所营造的冰清玉洁的世界。

西行法师

風に靡く　富士の煙の　空に消えて　行方も知らぬ　わが思ひかな

富士轻烟袅，
随风散无踪。
去向终不定，
似我灵台空。

西行法师（1118—1190）

平安时代末期至镰仓时代初期的歌人。曾是奉侍于鸟羽院的北面武士，精通兵法。二十三岁出家，开始歌人生活，通过旅行吟咏自然和人生，对社会和自我进行无情的解剖，以极富浪漫的精神追求和歌的美。通过陆奥地区的旅行，深悟佛教之道，上高野山潜心修行。西行虽遁入佛门，但纵观整个人生，他出家并未离俗，依然直面现实社会，

即使逃避社会，放浪自然，也无法抛弃对人和自然的爱心，只是从大自然中发现永恒的生命和幽玄的本质。他保留着贵族社会的审美观念，其作品把古代与中世和歌的特色融为一体，在现实世界与虚无世界之间激烈地碰撞出独具魅力的艺术空间，无疑代表着平安时代末期至镰仓时代初期的和歌的新特征，对元禄时代的松尾芭蕉产生很大的影响。著有歌集《山家集》，其中多有情怀悲切的恋歌。

*赏析

此歌一般认为是西行七十岁第二次旅行奥州时的作品。如同富士轻烟消散，我的烦恼欲火也在这天地间烟消云散、无影无踪，只剩下遥远缥缈的情丝。西行的歌友慈圆谓此乃西行自赞。西行把有限的自身面对无限的自然，从中发现短暂与永恒的统一对立，人与自然的融化才能获得生命的永恒，这是他的人生境界，也是神佛的境界。西行是僧侣，把佛教信仰与和歌活动紧密结合，通过行旅的体验深化自己的创作理念。他以“虚妄”的目光看待自然万物，试图通过对形象化的自然物象的心灵浸透排遣复杂深刻的人生矛盾的纠缠，在精神上进入“闲寂无”的最高境界。

古邨

西行法师

さびしさに　堪(た)へたる人(ひと)の　またもあれな　庵(いおり)ならべむ　冬(ふゆ)の山里(やまさと)

有谁同道人，
如我忍寂寞。
一同建草庵，
做伴在冬山。

*赏析

这是西行的名歌之一。如果还有和我一样耐得住寂寞的人，那就把茅屋并排建在一起，做个伴吧，在这寒冷的山上。西行出家以后，忍受着孤独寂寞的日子，但孤独到极点，不免想象有一个和自己一样的遁世者，两人做伴，可以减缓一些寂寞。实际上，日本的出家人还保留很多俗世人的生活习惯，他是否需要一个对自己耐得住寂寞予以理解的人呢？

西行法师

津の国の　難波の春は　夢なれや　葦の枯葉に　風わたるなり

难波春色梦境乎？
芦苇枯叶寒风声。

⁎赏析

这是作者面对寒冬海边萧瑟风景时的回想，仿佛看到难波的无边春色，难道那是我的梦境吗？而我只听到吹刮芦苇枯叶的风声。“津国难波”是摄津国的难波海边，即今天的大阪市。诗中虽然描写眼前的声音和景物，但真正想表达的不是现实的具象，而是幻想的虚像，梦境的虚影与实景的寂寥有机地结合在一起。有意识地通过幻象描绘并不存在的画面，显然运用象征派的手法。此歌是对能因法师和歌的酬和，能因原歌是“谁解情趣风流心，共语难波春色美”。

藤原家隆

花をのみ　待つらむ人に　山里の　雪間の草の　はるを見せばや

一心待花人，
山间雪底萌嫩草，
盎然见春痕。

藤原家隆（1158—1237）

镰仓时代初期的公卿、歌人。和歌入藤原俊成门下，《新古今集》撰者之一。收在《新古今集》里的作品可以和定家媲美，擅长叙景歌，歌风清澄。

*赏析

选自《壬二集》。此歌大意是：一心等待花红柳绿的人们哟，你们从山间积雪中发现嫩芽的萌生，那不就是春天的预兆吗？据说千利休和武野绍鸥探讨“闲寂茶”的意境时，绍鸥引用藤原定家的“樱花红叶遥望无，夕暮茅屋岸边秋”予以说明，而千利休则引用藤原家隆的这首和歌予以说明，反映出他们对“闲寂茶”的不同理解。绍鸥是在秋暮海边的荒寥景色中发现岑寂，利休是从无边积雪里萌生的草芽中发现无的世界。从这一缕淡绿看到春天终会到来的希望，没有感伤的心情，只有坚定的信心。此类颂春的和歌还有一些，就此歌而言，从某种意义上说，道出了日本人的审美情趣。比起眼前热闹缭乱的花色，更喜欢从一些征兆、预感中发现真正的美。这就是日本人的心。这里的“花”指樱花。

藤原家隆

志賀の浦や　遠ざかりゆく　波間より　凍りて出づる　有明の月

志贺海面浪渐远，
残月冻在波浪间。

* 赏析

志贺的海面，荡动的波涛逐渐远去。在波浪之间，闪耀着拂晓的月光，这月光也和波浪一样冰冻。寒冷地带的海面，夜晚就会结冰，到了深夜，连逐渐远去的波浪也会冻结。而残月将它冰冷的月光映照在冰冻的海面上，仿佛月亮本身也会冻结一样。志贺，即现在的滋贺县大津市，在琵琶湖西面。此歌题目是《湖上冬月》，是为摄政太政大臣藤原良经而作，不是实景吟咏，但给人寒气逼人的感觉。

藤原定家

山水（やまみず）に　さえ行（ゆ）く月の　ますかがみ　こほらずとても　流（なが）るとも見（み）ず

月映山中水，
看似不冻亦不流，
清澄如明镜。

藤原定家（1162—1241）

藤原俊成之子，镰仓时代前期的歌人。《新古今集》编纂者之一。官至权中纳言，受后鸟羽院的赏识，担任“千五百番歌合”的作者和判者，为宫廷歌坛第一人。他深化其父之“幽玄体”，提倡“有心体”。俊成和定家父子在中世和歌史上树立了“宗家”的传统，称为“御子左家”，定家也被尊为中世和歌之祖。定家对和歌的贡献是开拓一个与万叶的现实主义歌风迥然相异的古典主义方法论和唯美的艺术世界，创作许

多具有强烈古典主义色彩和浓郁的象征性的优秀作品。著有歌集《拾遗愚草》，歌论《每月抄》，日记《明月记》等。

*赏析

这是将《白氏文集》中的诗句改写成的和歌。山间流水在月光映照下，如同一面清澄的明镜。水没有冰冻，而且看上去似乎也没有流动。白居易的原诗是“寒流带月澄如镜”（《江楼宴别》）。和歌下半部分的描写是原诗没有的，属于定家创造的世界。定家依照《白氏文集》诗句改写的百首和歌通称《文集百首》。定家的美妙日语正是以这种方式不断汲取汉语的营养。

古邨

藤原定家

この里は　冬おくしもの　かるければ　草のわかばぞ　はるの色なる

此处白霜亦轻灵，
冬草萌芽似春色。

*赏析

这里的初冬依然暖和，连白霜也觉得轻灵，野草的嫩芽宛如春色。定家从白居易的《白氏文集》中寻章摘句，依其意改写成春、夏、秋、冬、恋等题材的百首和歌。这是其中之一。白居易的原文是："十月江南天气好，可怜冬景似春华。"（《早冬》）从此歌也可以看出，借用汉诗，和汉融合也是和歌重要的传统手法。

藤原忠良

空(そら)や海(かい)　月(げつ)や氷(こおり)と　さよちどり　雲(くも)より波(なみ)にこ　ゑ迷(まよ)ふなり

天空是大海，
明月是浮冰。
白鸻云端鸣，
叫声迷浪间。

藤原忠良（1164—1225）

平安后期至镰仓时代的歌人、公卿，曾任大纳言。在后鸟羽上皇主办的歌合（赛歌）中担任评审。《千载和歌集》多收有其和歌。

*赏析

如果说天是大海，月亮就是大海上的浮冰。白鸻从云端鸣叫的声音在波浪上迷失。白鸻是冬天的鸟，成群结队，呼朋唤侣，在严冬的寒天下，迎风披雪，徘徊飞翔，悲哀的叫声在波浪上迷茫回荡。夜空璀璨的月光仿佛是浮在海面上的冰块。天、海、月、冰、鸟、浪浑然一体，声音与颜色交映生辉，然而，鸟群的叫声“迷失”在波浪之间，作者从群鸟想到自己的孤独，是一只“离群之鸟”，没有呼唤的人，也没有回应自己的呼唤，只能倾听着夜半白鸻的苍白的啼叫。

道元禅师

冬草も　見えぬ雪野の　白鷺は　おのが姿に　身をかくしけり

寒冬原野不见草，
唯有白鹭隐雪中。

道元禅师（1200—1253）

镰仓时代的禅师。1223 年入我国宋朝，历访天童山、天台山等，学习禅宗。1227 年回日本后，建永平寺，创曹洞宗。著有《正法眼藏》《永平清规》等。

*赏析

在道元禅师和歌集《伞松道咏》中，此歌题为《礼拜》。歌意简洁，白雪皑皑的原野上，连枯草的踪迹都看不到，只有白鹭将自己的身子隐藏在白雪里。那为什么题为《礼拜》呢？自然涉及道元的思想，他是日本曹洞宗的开山祖，提倡默照禅，追求“回互”和“不回互”的关系，认为万物互相融会贯通，互有彼此，乃至不分彼此。他在《正法眼藏》中指出：“修道则修己，修己则忘己，忘己则证万法。”他承认悟道，悟道而不留痕迹，抛却悟道的意识，同时抛却“抛却”本身，方可永久悟道。白茫茫大雪中白鹭飞来，融入其中，雪之白与鹭之白同为一色，成为一体，已经消失了彼此的关系，踏雪无痕，了无痕迹，尤其自己投身于佛法，在修身中保持洁白清净的心境，归根结底，一个“空”字。

京极为兼

木の葉なき　空しき枝に　年暮れて　また芽ぐむべき　春ぞ近づく

树叶已脱尽，
裸木倍孤寂。
嫩芽含岁暮，
萌发待春气。

京极为兼（1254—1332）

镰仓时代后期歌人。藤原定家的曾孙。奉伏见院命，编纂《玉叶集》。提倡回归万叶，给歌坛注入新风。后因政事流放佐渡、土佐。著有歌论《为兼卿和歌抄》。

*赏析

选自《玉叶集》第六卷《冬》。题为《冬木》。上下句的连接极其自然流畅，把新年的来临与对生命苏醒的期待结合在一起。京极派十分注重对大自然的细致生动的表现，将景色的变化与时间的流淌连接起来，开创歌坛新风。作者是京极派领袖，其风格如行云流水，晓畅明快。

式子内亲王

始なき　夢を夢とも　知らずして　この終わりにや　覚め果てぬべき

不知梦自何时始，
梦到完时方醒悟。

式子内亲王（？—1201？）

后白河天皇之女，《新古今集》的代表性女歌人。在动荡的岁月里，失去家人，生活无着，甚至无处栖身，后出家。这种人生经历使她的和歌充满哀怨忧愁，悲愤沉郁，感觉纤细，情感深沉，极具丰富深沉悲痛的内省力。

*赏析

由于式子人生不幸，心情孤独，所以她的和歌充满强烈的无常观，只好在幻想的世界里寻找心灵的慰藉。这首作品也是强调现世如梦的思想，人甚至不知道自己什么时候开始做梦，只有等到迷梦结束的时候才会醒悟过来吧，人只有在梦醒时才会对人生提出怀疑。作品提出了人生究竟是什么的疑问，具有哲学的分量。

花园院

暮れやらぬ　庭の光は　雪にして　奥暗くなる　埋み火のもと

院前傍晚雪微亮，
堂内余烬坐昏暗。

花园院（1297—1348）

第九十五代天皇。镰仓时代后期的歌人。精通和汉之学，尊崇京极为兼的歌风。歌风清新澄明。撰写《风雅集》和汉之序。有遗世日记《花园院天皇宸记》。

*赏析

此歌题为《吟冬夕之心》。傍晚时分，院子里的积雪泛着微弱的亮光，而室内显得昏暗。虽然燃烧着炭火，但已是余烬。自己端坐的里屋更显得黑暗。作者凝视外面景物，感觉到屋子内外的明暗反差，这正是自己内心世界的写照，流露出南北朝动乱时期作为最高统治者的精神面貌。

油谷倭文子

み雪（ゆき）ふる　かれ木（き）のすゑの　さむけきに　つばさをたれて　烏（からす）なくなり

雪落枯木寒枝梢，
乌鸦垂翅哀鸣叫。

油谷倭文子（1733—1752）

江户中期的歌人。师事贺茂真渊，是他门人中的三才媛之一。二十岁早逝。著有歌集《文布》。

*赏析

此歌选自《风雅集》第八卷《冬》。十四世纪前半期，日本南北朝时代的和歌以京极为兼为首，出现一批擅长描写大自然景色的歌人，开一代新风。此歌作者是奉侍于花园院的女房（侍女），然而即使这样的作者都显示出描写景色的实力。这首和歌描写一只乌鸦站在积雪的枯枝上，垂着翅膀啼叫。作者观察缜密，体物精细，尤其对“垂翅”这个细部的准确性把握，顿时使作品十分生动，凸显出雪景形象的鲜明。乌鸦是不吉利的鸟，王朝时代的和歌几乎不写“乌鸦”，但京极派歌人敢于破除这个禁忌，成为后世俳谐的“寂寥”风格的先河。

油谷倭文子

たをやめの　わが身(み)とふべき　ものならで　雪(ゆき)には

我性本温柔，
若问有何愿。
但愿女友唤，
一同雪上玩。

*赏析

江户时代，凡是有教养的女子都不能轻易出门，但十几岁少女具有追求自由的本性。她性格温柔，不敢违背家训，看着外面美丽的茫茫大雪，非常希望到外面看雪景、堆雪人，可惜都办不到，只好给好朋友写和歌，表达自己的愿望。不久，她的好友也是同样回了一首和歌："若问我愿望，与君一个样。此事终难成，两心同去玩。"

村田春海

とまり舟　苫のしづくの　音絶えて　夜半のしぐれ
ぞ　雪になりゆく

泊船覆草帘，
冬雨滴答落。
夜半鱼声歇，
悄然化飞雪。

村田春海（1746—1811）

江户时代后期江户派的代表性歌人之一。贺茂真渊门下的学者、文人。他把和歌创作摆在与继承国学传统同样重要的位置上，继承真渊初期的古今和新古今风格并加以发展，作品流丽典雅，世称“千荫和歌春海文”。

*赏析

此歌题为《水路新雪》。大概吟咏江户市内的运河夜景。“草帘”多用蓑衣草、茅草编成，覆盖在小船、小屋上面。冬雨落在覆盖着草帘的船顶上，发出滴答的声音，但夜半以后，雨声不知不觉地停下来，外面已是悄无声息的雪花飞舞。这是昔日的江户情趣。他以洗练的手法表现古老的题材，洋溢着浓郁的江户情趣，深刻体现江户后期的文化氛围，代表着江户文化成熟期的文人气质。如“红叶尽染箱根路，山径旅人袖添香”。

樋口一叶

くれて行(ゆ)く　年(とし)の道(みち)さへ　みゆるかと　思(おも)ふばかり
に　てる月夜(つきよ)かな

岁暮一心回首望，
月夜不见过来路。

樋口一叶（1872—1896）

明治初期主要的小说家，日本近代批判现实主义文学早期开拓者之一。其作品大多反映明治时期社会下层人民悲惨生活，被誉为“明治紫式部”。二十四岁时患肺结核去世。代表作有《大年夜》《浊流》《青梅竹马》《十三夜》等。

*赏析

樋口一叶的和歌介于近世和歌与近代短歌之间，基本上没有摆脱传统创作方法的拘囿，主要表现为题咏歌，很少有创作热情燃烧的迸发，所以缺少后世短歌所倡导的“心词一致”的精神。但作为明治中期的重要作家，在短歌中保持着时代的现实气息。尤其是她的恋歌，纤细的笔触深刻地表现女性对恋爱自由的强烈追求，流淌着哀愁。如：“几次偷偷过，从君家门前。只盼运气好，让我瞧一眼。”樋口一叶生活的时代，虽然已经开始明治维新，但对女子的行为依然存在种种严厉的约束，对女性的恋爱依然没有任何自由，这是作者对自己喜欢的人的思念。

窪田空穂

老ふたり　互に空気と　なり合ひて　有るには忘
れ　無きを思はず

老年夫妇成空气，
忘你存在不觉无。

窪田空穂（1877—1967）

歌人、日本古典文学研究家。日本艺术院会员。

*赏析

这首短歌选自《去年的雪》。日本十一月二十二日是“夫妇日”，祝愿“圆满夫妇”的意思。人到老年，夫妇感觉对方就像空气一样的存在，也就是互相没有感觉，忘记了对方的存在，却又不觉得不存在。没有了年轻时的激情，没有了中年时的烦恼，甚至连对话都没有，变成透明的空气。这也许是经过岁月消磨以后相互意识的状态吧。然而，很多日本人认为这样的相处是一种幸福，因为这个年龄已经丧失了“五欲”（色、声、香、味、触），大家都回归平和的心态，回归无形的世界。

与谢野晶子

冬の夜の　星君なりき　一つをば　云ふにはあらず　ことごこく皆

君非寒夜一颗星，
满天星辰皆是君。

与谢野晶子（1878—1942）

歌人、作家、思想家。旧姓凤。明治三十三年（1900），加入与谢野铁干的新诗社，在杂志《明星》上发表短歌。翌年与铁干结婚。其歌集《乱发》肯定女性作为人的存在，高昂奔放。她积极参与妇女解放运动，在著名的妇女社会活动家平塚雷鸟的杂志《青鞜》上发表诗歌、评论，提出“以妇女能充分发挥各自的天赋才能、解放自己为最终目的”，并创办文化学院，开展艺术自由的教育。应该说，与谢野晶子是日本近代第一个以诗歌追求妇女解放并付诸实践的战士。著述甚丰，有和歌、歌论、社会评论、古典文学评论、小说等。

*赏析

晶子后其夫铁干七年去世，她追悼亡夫的作品多收在遗歌集《白樱》里。寒冬夜空，满天繁星，何等璀璨。每一颗星星仿佛都是你从天上注视着我，饱含着作者对故人无比爱恋的心情。晶子的歌风早期陶醉于妖艳华丽的抒情，流光溢彩的才华，自由奔放的感觉，奇崛新警的修辞，不羁传统的语言营造出王朝情趣的独特风格，具有豪华艳丽的绘画美。后来逐渐转为现实性的纯美抒情，向唯美主义演变，开始深沉地思考人生。

与谢野晶子

冬の空　針もて彫りし　絵のやうに　星きらめきて　風の声する

冬天的夜空，
如钢针雕刻绘画，
星光闪耀风声紧。

*赏析

作者自评云：“冬夜的天空，无论闪烁的星光、风声都十分尖细、冰冷、锐利、坚硬的感觉，如钢针雕刻铜版画——蚀刻画那样的感觉。”寒冷彻骨的严冬，夜空也被冻得硬邦邦的，镶在坚如钢铁的铜版上的星星的光芒是那样的尖锐，如锋利的钢针雕刻着寒风，撕裂着寒风，发出痛苦的叫喊。作者面对这寒凝的天地，似乎没有更多的思考，只是默默地注视着，承受着，如实地刻画出来，如一块没有表情的冷漠的蚀刻画。这样的盘空硬语正是她心态的真实写照。

长塚节

時雨れ来る　けはひ遙かなり　焚棄てし落葉の　灰はかたまりぬべし

寒冬雨意遥，
落叶焚后，
积灰弃路旁。

长塚节（1879—1915）

歌人、小说家。正冈子规门人，后为《马醉木》《阿罗罗木》同人。他运用子规歌论进行创作，以作品实践其理论，通过写生与抒情的融合，表现子规的歌风。其吟咏大自然作品成为《阿罗罗木》的代表性歌风。著有歌集《如针》等。

*赏析

秋冬时节寒雨来临的预感与白天烧落叶后堆积路旁的烟灰本来毫无关联，但对于意识到自己即将死亡的作者来说，似有一种遥远的“感觉”，这个“感觉”将二者巧妙地联系在一起，纤细敏感的神经不动声色地触及天地变化的些微动静，使这种看不见摸不着的“感觉”、即生命的律动成为短歌的主体。

长塚节长年卧病，创作有很多与疾病相关的短歌，如“雨里听落山茶花，未闻我病将痊愈”等。他运用正冈子规歌论进行创作，把写生深化到内心世界，通过写生与抒情的融合，细致入微地表现子规的歌风。他居住在农村，热爱自然，细腻观察大自然的微妙变化，把自己作为大自然的一部分，宁静恬淡，营造静谧清澄的情调，蕴含着无限孤独寂寥的心韵。

斋藤茂吉

まぼろしに　現(うつつ)まじはり　蕗(ふき)の薹(たう)　萌(も)ゆべくなり
ぬ　狭(せま)き庭(にわ)のうへ

幻想款冬已萌芽，
小小庭院里。

斋藤茂吉（1882—1953）

歌人、精神科医生。明治三十九年（1906）入伊藤左千夫门下，左千夫去世后，任《阿罗罗木》编辑。茂吉受到西方美术、哲学尤其尼采思想的深刻影响，《万叶集》歌风以及西方文化都化为短歌的血肉。其歌集《赤光》将日本的传统思想与西欧现代精神融合在一起，充满对生命的肯定，对人的感情的珍爱，在质朴明朗的青春活力中透出哀愁孤独的心情，富有想象力和表现力，成为近代短歌的代表作。后经过一段具有强烈官能艳丽色彩的时期，逐渐进入沉静孤寂的现实境界。

*赏析

残雪未融的早春，款冬在田边地头、庭院角落里露出浅绿的圆圆的花芽。这首和歌里的款冬实际上还没有萌芽，只是作者心中的幻影。然而，微妙的表现手法甚至使读者觉得作者已经尝到花芽微微的苦味。英国诗人雪莱说："既然冬天来了，春天还会远吗？"这是直抒胸臆，而日本的抒情诗人却在幻想中捕捉季节。

斎藤茂吉

最上川(もがみがわ)の　流(ながれ)のうへに　浮(うか)びゆけ　行方(ゆくへ)なきわれの　こころの貧困(ひんこん)

我心贫困无方向，
最上川里逐流去！

＊赏析

这是作者在昭和二十二年（1947）一月前往今宿村途经最上川时的作品。最上川在山形县，入日本海，是日本三大急流之一。茂吉望着滚滚流淌的湍急河水，不由得发出这样的感叹：自己的心灵何等贫困，没有人生方向，既然如此，那就投身到这最上川里，在水里沉浮，让激流将自己带走吧，送到遥远的地方！这是作者面对最上川发出的人生呐喊，是思想的抒情。

前田夕暮

木に花咲き　君わが妻と　ならむ日の　四月なかなか　遠くもあるかな

花发时节迎娶君，
等到四月多漫长。

前田夕暮（1883—1951）

明治、大正时期的自然主义歌人，与若山牧水形成“夕暮、牧水时代”。后受到西方印象派、后印象派绘画的影响，表现出外光派的明快新鲜的感觉世界。大正十三年（1924）与北原白秋、古泉千樫、土岐善麿等创刊《日光》，开始创作口语自由律短歌。

*赏析

这首和歌脍炙人口，表现作者等待婚期的急切心情。现在还是冬天，树木尚未开花，待到明年四月花开时节，将娶你为妻。作品洋溢着青春的气息，充满浓郁的纯朴浪漫之情。后一句的口语化生动形象地表达作者迫不及待的心情，十分自然。作者于此歌发表的第二年五月与栢野繁子（即歌人狭山信乃）结为连理。这个时期的作品还有如："与君同回我故乡，相模春近水仙开。""带给二人何许事，令人眷恋四月天。"

前田夕暮

冬が来た　白い樹樹の光を　体のうちに　蓄積して
おいて　夜ふかく眠る

寒冬已来临，
千树泛白光。
夜阑深睡去，
蓄芳待来年。

*赏析

在自然主义风潮逐渐消退之后，夕暮开始创作口语自由律短歌。昭和十六年（1941），夕暮把自由律改称为“内在律短歌”，就是使用口语的吟咏生活感情的短歌，可以随时代的变化采用更加自由的音数形式，但注重的是内在的节奏，即内在律。树叶凋落后，枝干在太阳照耀下泛动白光，这白光又被树干吸进体内，在夜色深沉的世界里熟睡，储存着明年春天萌发的生命力。他的口语自由律短歌还有如：“分裂的我，从天空下来，突然在水泥地上抱住自己。”“把拼命叫喊着，痛苦、痛苦的身体，拿到明亮的阳光下”等。

前田夕暮

風暗き　都市の冬は　来りけり　帰りて牛乳の　つめたきを飲む

风暗都市冬来临，
归来喝杯冷牛奶。

*赏析

此歌作于明治四十三年（1930），当时作者在《秀才文坛》任编辑记者。寒夜回到住处，疲惫寒冷，站着咕咚咕咚地喝下一杯牛奶。这极其普通的一个景象透视出小市民的生活的内在性，蕴含着青年孤独温柔的感情。“风暗都市”的冬天表情和“冷牛奶”的心理感觉直视现实生活中的苦恼悲哀，暗含着阴暗的冷漠。此时的作品还有如：“独自回住处，屋里没热气。暗中摸火柴，感觉手指冷。”“旧帽遮颜出，身上夹衣领污垢，一个落魄人。”“污脏被子上，蜷曲小睡如大虫。”

北原白秋

照る月の　冷さだかなる　あかり戸に　眼は凝らしつつ　盲ひてゆくなり

凝视隔扇觉月寒，
双目渐次盲。

北原白秋（1885—1942）

明治末期、大正初期的诗人、歌人。其诗集《邪宗门》《回忆》带着浓烈的官能性的色彩和世纪末的颓唐美，倡导唯美主义文学，奠定了近代象征派代表诗人的地位。歌集有《桐花》《云母集》《观相之秋》《溪流唱》等。

*赏析

白秋五十二岁时，因糖尿病和肾脏病引起眼底出血，住院治疗，后逐渐丧失视力。这首短歌说自己凝视着隔扇（日式房间用以间隔房间的拉门、拉窗。一般在格子的木窗上糊白纸），感受到冬天的月光的寒冷，但双目将逐渐看不见东西了，渗透着作者的悲哀和无奈的黯然心情。眼睛看不见，却能感觉到，而且感觉到的是“月光的寒冷”这样的抽象的东西，这是全身的感觉，这种冰冷的世界使自己成为盲人。这首短歌在白秋的作品中评价很高，洋溢着清冷澄澈的气氛。

北原白秋

君(きみ)かへす　朝(あさ)の舗石(ほいし)　さくさくと　雪(ゆき)よ林檎(りんご)の　香(か)の
ごとくふれ

清晨
你回去吧。
路上
响起咔哧咔哧的脚步声。
雪哟
下吧！
如苹果的芳香。

*赏析

这是白秋的代表作之一。北原白秋与邻居的有夫之妇相爱，于是陷入难以自拔的苦恼，遭到社会的激烈谴责，在那个时代，偷情是犯罪行为，他为此坐牢（这首和歌发表的时候，白秋正在狱中）。这是她在白秋家过夜后，第二天一早，白秋催她回去。外面响起她走在积雪路上咔哧咔哧的脚步声，好像啃苹果那样的声音，脚步声渐行渐远，于是作者从声音联想到苹果的芳香，这甘甜微酸的芳香象征他们的爱情。雪哟，尽情地下吧，雪是温情爱恋的化身，轻轻地包裹着让她出门的、自己所爱的人，这其中饱含着白秋真切的思绪，既然不能公开地呵护她，只好在心底深深地祈祷，优美的诗歌渗透着哀伤。他望着纷飞的雪花，呼唤下得再大些，高度的象征交织着思念、愉悦、悲伤、无奈、烦恼的心情。他们明知这种行为为世间所不容，触犯法律，但无法背叛自己真实的情感，为了这份真诚，则背负叛逆者的责任。白秋出狱后，两人终于如愿以偿地结婚。

从诗歌表现手法来说，雪花不会发出苹果的香味，这是近代诗的象征手法，大概是白秋从法国诗歌中借鉴的。另外，“咔哧咔哧”是形容脚步声还是下雪，也因人而异。如果是形容后者，自然也是运用象征手法。作者从拟声词“咔哧咔哧”联想到咬苹果的声音，脚步声与咬苹果的声音重叠在一起，形象地感觉出雪花中的苹果的芬芳和酸甜，联想到雪，不仅踩踏的雪，连纷飞的雪花也含带果香，将听觉、触觉（脚底踩踏雪地以及咬苹果的感觉）、视觉、嗅觉的四种感受重叠在一起，通过现实与想象的感觉营造浓密丰饶的空间。

这是近代短歌中最具代表性的“苹果之歌”。

当时这种行为属于犯罪，所以白秋被捕入狱，支付保释金后出狱，后两人结婚。白秋出狱后还写有这样的短歌：“出狱自由身，咔哧咔哧咬苹果，浑身直颤动。”

古邨

北原白秋

冬雑木(ふゆぞうき)　こずゑほそきに　照(て)りいでて　鏡(かがみ)の如(ごと)く　月(つき)坐(ま)せりとふ

道是寒冬月色瘦，
一轮明镜坐树梢。

*赏析

这是白秋晚年的作品，当时他因患糖尿病和肾炎引起眼疾，近于失明。家人告诉他，月亮如镜，“坐”在细小的树梢上。“冷月照户影疏淡，凝眸细觑目渐盲。”白秋视力微弱，但一直面对月亮，把圆月视为心中的明镜，反映出他心清如水的澄明境界。白秋以丰富的语汇、精巧的语法塑造出千奇百怪的复杂形象，纤柔高雅、色调艳丽的诗语不仅使他成为情绪热闹的感官诗人，而且在象征的王国里蕴藏着深刻的思想内涵。

北原白秋

観音（かんのん）の　千手（せんじゅ）の中（なか）に　筆（ふで）もたす　手一（てひと）つありき　涙（なみだ）我（われ）は

观音千手中，
只因一手持毛笔，
感泪我动容。

*赏析

选自《黑桧》(1940)。白秋从昭和十二年(1937)冬天开始患糖尿病和肾脏病，逐渐失明，昭和十七年(1942)去世。然而，生前最后一部歌集《黑桧》反映他失明以后澄净的心境，达到短歌创作的顶峰。这首短歌是他回忆几年前拜谒唐招提寺的鉴真和尚坐像和千手观音时深为感动的情景。千手观音的众多手中有一只手拿着毛笔，使他动容哭泣。这个泪水是发自内心的感激。

若山牧水

夜半の海　汝はよく知るや　魂一つ　ここに生きゐて　汝が声を聴く

深夜的大海，
你可知道？
这里一个活灵魂，
在倾听你的声音。

若山牧水（1885—1928）

学生时开始创作短歌，提倡自然主义，在明治时期与前田夕暮形成短歌的“夕暮、牧水时代”。他的自然主义带着浪漫的抒情风格，多有破格调，因此成为后来自由律新短歌运动的先驱者。大正时期回到严谨的定型，以平淡的写实展开自然派歌人的纯粹境界。著有《海之声》《别离》等十五部歌集。

*赏析

选自《海之声》。牧水在《海之声》序言中写道:“我爱听大海的声音。不在乎是否看见蓝色的浪潮涌来荡去，只要听到海浪的声音在远近不停地喧闹，那无穷无尽的声音在我的心胸荡漾，我就感觉到难以言状的悲哀和慰藉。”

他以真实作为自然主义的目标，从中发现自我存在价值的思索。他不是通过刺激性的唯美主义进行自我充实，而是摸索存在于宇宙里的自我完成向自然主义歌人的转变。

若山牧水

はつとして　われに返(かえ)れば　満目(まんもく)の　冬草山(ふゆくさやま)を　わが歩(あゆ)み居(を)り

浑然不觉，
猛醒悟，
独步荒山，
满目枯草泣寒冬。

*赏析

大正时期，牧水由于家庭的破灭、经济的贫困陷入极度的苦恼。充满憧憬与不安、幻想与悲哀的情绪，对自我存在的忧心使他的歌声低沉动荡。此歌本身就是孤独的化身，富于透明感，体现牧水愁楚惆怅的风格，已经显露出后来的《死还是艺术》那样对人生对艺术绝望的自嘲的端倪。

石川啄木

しらしらと氷(こほり)かがやき千鳥(ちどり)なく釧路(くしろ)の海(うみ)の冬(ふゆ)の月(つき)かな

海岸浮流冰，
晶莹泛白光。
却闻白鸻鸣，
钏路冬月寒。

石川啄木（1886—1912）

生于岩手县的贫穷农村，终生漂泊放浪，贫困交加。他的短歌将眼睛投向现实生活，思考国家、民族、社会问题，开拓出生活派的短歌新路。其短歌提出了生命、社会、人生三大命题，显示出吟咏疾病、贫困、家族题材的定型特色。啄木为了适应表现社会题材的需要，主张内容和形式的自由，所以使用现代语言创作三行形式的短歌，以此体现时代的精神。二十六年生命中，留下许多短歌、诗歌、

小说、评论、日记、随笔、书简，但三行体的短歌是他文学创作的顶峰。

*赏析

原文的“しらしら”意为“白光”，“かがやき”意为“闪耀、发亮”，二者看似重复，实则前者强调后者，使海岸流冰的光亮更加鲜明。在冬天月亮的映照下，冰面泛着白光，但并不刺眼，耳边却闻白鸻的鸣叫，钏路海上的月亮仿佛也被冰冻。

这是一首回想过去的叙景歌。1907年，作者离开故乡岩手县，到北海道的函馆、札幌、小樽、钏路等地求职，过着流浪般的艰苦生活，却怀抱立志文学创作的梦想，心里充满寂寥烦恼。这是他于1908年来到东京后回想起严寒中钏路求职的情景。据石川啄木三月的日记记载，白鸻飞来。三月是春天，所以这首短歌并非实景，不是“写实歌”，而是冬天与春天景物的印象交集。还有这样的短歌，如：“边远城镇下车后，冒雪走进荒凉街。”

木下利玄

街をゆき　子供の傍を　通る時　蜜柑の香せり　冬がまた来る

我在街上走，
孩子身边过。
忽闻橘子香，
冬天又来临。

木下利玄（1886—1925）

与志贺直哉、武者小路实笃等创刊《白桦》，是白桦派中唯一的歌人。曾加入竹柏会，为佐佐木信纲的门人。他没有参加歌坛结社，完全以歌人的努力开拓出近代短歌的一块新领域。歌风从感觉派渐向写实倾向转移，擅口语体。著有歌集《银》《一路》《李青集》等。

*赏析

这是组歌《橘子之香》之一。小孩子喜欢橘子，连在街上行走时所感觉的空气里也飘溢着橘子的香气。作者在《我的短歌创作之意境》中说道："十月末到十一月初，午后的阴影下已经感觉寒冷、行走时手感觉冰凉的季节里，从正在街上玩耍的小孩子的身边走过时，一股香气扑鼻而来，正是青皮橘的清香。"

橘子的短歌还有如："街头点心店，散发橘子香。午后太阳照不着，店里觉寒冷。"

若山喜志子

雪降りて　墨絵に似るとふ　筑摩野に　わびしかるべし　人恋ふる身は

雪降筑摩野，
景如水墨画。
既有心上人，
思恋倍孤寂。

若山喜志子（1888—1968）

歌人。长野县人。作品投稿给《信浓新闻》时，被太田水穗发现。上东京后与若山牧水结婚。牧水殁后，任《创作》社主。歌集有《无花果》《白梅集》《筑摩野》《萌芽的柳树》等。

*赏析

选自《筑摩野》(1930)。题为《致妹妹》。喜志子生于长野县东筑摩郡广丘村，以帮忙同样是信州出身的太田水穗做家务为由来到东京，寄居在他家里，学习小说创作方法。其间，水穗去信州旅行，若山牧水前往探访。喜志子遂与牧水认识，后结婚。生活一直贫困。这是思念家乡妹妹的短歌。妹妹住在大雪纷飞的筑摩野，大概近日曾给姐姐去信，告诉她说自己已经有了心上人。作品满怀对亲人的思念之情。

中村宪吉

身(み)はすでに　私(わたくし)ならずと　おもひつつ　涙(なみだ)おちたり　まさに愛(かな)しく

此身已非我自身，
思此泪落感哀欢。

中村宪吉（1889—1934）

《阿罗罗木》同人。曾任《大阪每日新闻》经济部记者，后回家乡经营酿酒业。他始终运用写生手法，歌风具有鲜明的近代都市感觉。著有歌集《马铃薯之花》（与岛木赤彦合著）《林泉集》《堰水栅》《轻雷集》等。

*赏析

此歌题为《岩石背后》，是其代表作之一。宪吉于大正三年（1915）与仓田瑟子结婚，两年后与妻子回其娘家举办婚宴，之后游鞆浦仙醉岛。这是当时的作品。他终于结束了自由不羁的学生时代，开始步入崭新的家庭生活，如今自己已经不是单独的自己，身边还有一个可爱的妻子，想到这些，不禁感慨万端，各种感情在心中翻腾，有幸福也有感伤，有宁静也有失落，有喜悦也有哀愁，不禁泪水流淌。这泪水包含着他人生哀欢的种种错综复杂的感受。当时的短歌还有如："细听海边岩石后，母亲对妻说话声。""海边岩石后，浪潮泛白光。海风吹送来，妻子细语声。"

图书在版编目（CIP）数据
寒冬雨意遥 / 郑民钦编著. —北京：现代出版社，2020.5
（风雅和歌系列）
ISBN 978-7-5143-7707-1

Ⅰ. ①寒⋯ Ⅱ. ①郑 Ⅲ. ①和歌—诗集—日本—古代
Ⅳ. ①I313.22
中国版本图书馆CIP数据核字（2019）第265709号

寒冬雨意遥

作　　者：郑民钦
责任编辑：申　晶　朱文婷
出版发行：现代出版社
通讯地址：北京市安定门外安华里504号
邮政编码：100011
电　　话：010-64267325　64245264（传真）
网　　址：www.1980xd.com
电子邮箱：xiandai@vip.sina.com
印　　刷：北京瑞禾彩色印刷有限公司

字　　数：119千字
开　　本：880mm×1230mm　1/32
印　　张：6.5
版　　次：2020年5月第1版
印　　次：2020年5月第1次印刷
书　　号：ISBN 978-7-5143-7707-1
定　　价：56.00元

有诗°

打开世界的边界

风雅俳句系列

《行走春夜里》

《初夏谒日光》

《正是麦秋时》

《初冬小阳春》

世 界 上 最 短 的 诗 ， 日 本 人 的 心 之 风 景

有诗°
打开世界的边界

“俳圣”松尾芭蕉文集

《奥州小道》

与《源氏物语》齐名，流传数百年的日本古典文学瑰宝